夢。想。家

JJ詹朗林——著

序

第三本書了。執筆之時連我也覺得自己有點煩，說好了不寫不寫，最後又一次一次動起筆來，用俗語說就是「姣婆守唔到寡」，更有點像跟自己過不去。

2025本是我打算慢下來的一年，過去數年日復一日打理工作室、跟不同有緣人會面（很多人誤會我已深閨不見人，實情是從未間斷地在見之前約好的人，假如不見恐怕會被罵爆），還有電視拍攝、開了新的網台節目、寫書等；另一方面，從一開始走上這條修行路，早已預視到學習時間佔的比例會愈來愈高，果不其然今年初參與短期出家後，生命的齒輪就推着我一步一步走，除固定每周上課及參與不同法會外，今年開始要頻繁地香港日本兩邊走，同時亦要開始學習日文，亦要找尋不同老師合作舉辦不同課程，好讓我不在工作室時亦能提供一片淨心的學習空間給上來的客人。説實在的，真的有點吃不消，因此在年初忍痛推卻了出版社的邀請，打算暫停寫書計劃。

直至二月底的一個早上，習慣性起床後掃一下新聞時，得知一位我十分欣賞的歌手因病離世了，雖然比以往看透了一點，了解諸行無常的道理，但那一刻仍不禁問了一句：「為什麼？」

就這樣沉澱了整整一星期。

沒有太多不忿，沒有太多悲傷，卻生起很多有關生死課題的疑問。

一直沉澱。一直沉澱。一直沉澱。

新聞鋪天蓋地地報道着，各人也以不同方式去懷念，把歌手説得好像從未離開一樣。那麼他到底是生，還是死？生與死的界線是什麼？當一個人留給世人的禮物，如音樂、教導、文字可以跨越時空歷久不衰，時間的意義又是什麼？

人生八苦，離不開生、老、病、死、求不得、愛別離、怨憎會、五陰熾盛；在生與死之間，我們看見了輪迴之苦，不想再看這套劇集，卻不斷以不同劇本、不同角色重播着。然後呢？

在追源溯本的過程中，假如不斷逆輪迴到原點，我們從哪裏來？用佛教的説法即是：「什麼是我們的本來面目？」

假如我們相信每一次輪迴都只是一堂課，總是讓我們學習着一些摸不着的事情，目的是讓我們不再輪迴，那麼在這個輪迴遊戲的盡頭，我們又會去到哪裏？

那一個星期行住坐卧也思考着，然後繼續忙碌，彷彿一切已經過了很久一樣。直到某天晚上無意中在YouTube看到他創作《回留》這首歌的花絮時，心中的漣漪再次起伏。在短短數分鐘的花絮中，明明感覺到他油盡燈枯，別説唱歌，連説話也顯得力不從心，但短片中他笑容依舊，在分享着他的鋼琴、他的音樂，像孩童般緊守他的夢想，哪怕最後連一句都唱不下去，他也盡力將心中所建構的充滿愛的夢想國，用他最愛的音樂呈現出來。這種堅持、這份擇善固執美麗得讓人心痛。

在那沉澱的時空中慢慢將過去數年所知所學融合起來，好像看懂了一點。生與死説穿了就像一場夢，都是虛幻非真。睡着做夢，夢中擁有的一切，在醒來時一件也帶不回來，所有事情就是因緣和合，緣起則生，緣盡而滅。

明白了生死如夢一場，那麼時間也許只是一種束縛的概念，否則為何有些人活了數十載卻好像沒有來過一樣，而有些人留下來的東西可以成為永恆？區別在於，你帶了什麼給這個世界？

參透了多一點的皮毛，從經書及短短四十多年的人生中理解到無始無終的輪迴與苦，其實無限的劇本彷彿也只是一次又一次的學習過程，好讓我們總有一天不用再參與這套肥皂劇，那麼你我的離開也只是暫時退場，何需執著呢？

也許就是這個小因緣，讓我產生了一連串思考，於是就回覆出版社說：「好吧，我盡力試試動筆，不是沒有內容可寫，反而是腦袋中充斥着太多的東西，不知怎樣去組織及呈現，先不要簽約，我寫好再決定。」

就這樣，現在你們看到這個序了。諸行無常，諸法無我。每天都收到數十個甚至過百個疑問：「為什麼這樣為什麼那樣為什麼會發生這種事情為什麼不是我為什麼是我為什麼會生病為什麼會離開為什麼我會失業為什麼我會不開心為什麼我會失去為什麼我的先生不愛我為什麼我看不到將來？（下刪半本書的長度）」我就會說：「為什麼不可以？為什麼問為什麼？」我這輩子或許仍有一段路要走，但今天也可以是我的終點站，因為無常。重點是我能為這世界留下一點什麼，假如我想當一把傘，當一條橋，即使疲憊，也還是繼續走下去好了。

這一次的作品跟以往兩本有一些分別，沒有《悟。釋。死》的那一種毛骨悚然，也沒有《念。擇。生》的那份故作深奧；與其說是一本書，更像是我的一本日記，不循規範，我手寫我心，有些是平常遇上的客人的故事，他們的案例有教化作用，有些是我觀想一些事後的感受，有些是從平常每星期回答的海量問題中，找一些有趣的、有意義的加以闡述。

說穿了，所有文字、儀式，一切所學的都只是方便法門，好讓我們找到回家的路，到最後這些都要好好放下。夢總有一天會醒，醒來總有一天要回家。

這本《夢。想。家》送給你，希望你喜歡。

夢・想・家

目錄

序　002

學佛人　012

老Best　022

業力與修行　042

未還的債　050

冤親債主 066
父母 080
冥冥之中 100
第三者 112
後記 134
番外篇：Mean問Mean答 138

學佛人

會願意掏錢買小弟第三本書來看的人，多少對我有點認識，所以在這裏不作自我介紹了，不然會被説騙字數。我在直播中曾説，從 2021 年開始決定走一條充滿未知數的修行路，2022 年皈依於慈山寺的法證大和尚，這四年一路走來就像是一個「他媽哥池」（電子寵物）育成計劃，得到了不少大德教導，跌跌碰碰也不少；並非妄自菲薄，但現在才敢厚臉皮地跟自己説：「我在學佛。」感恩這幾年有不同人陪伴着我成長，看着我一直向前走。

每星期的 Mean 問 Mean 答中（Mean 的意思除了是大部分時候我的回應很 Mean 外，更重要是希望各位從我們的問答中找到一些 Meaning），總有一些人會提問：「我希望學佛，請問有什麼經可以念？或者要做什麼？」而永遠的第一問一定會是我答了數百次的問題：「抄經後應怎樣處理？」

最好的學佛方法當然是到正信的道場親近僧人，由他們直接解答問題。道場是否正信，要看是否佛法僧三寶俱足。「佛寶」就是佛陀或菩薩。雖然只是佛像或菩薩像，看透了都是外相，但在學佛之始信根未夠時，看看佛像或菩薩像去培養我們的恭敬心也是好事，也可以此作為提醒，督促看着的人老實念佛。「法寶」並非單指什麼法器，或什麼辟邪開光尚方寶劍，而是佛陀教化眾生的49年間留下來的「法」，即是我們現今接觸到的「佛經」，多由以「多聞第一」阿難尊者為首的佛陀十大弟子背誦記錄下來，並流傳至今。由於49年的傳法道路上，受眾不同，時間點不同，因此每部經雖中心思想一致，惟內容也有些差異；如解釋空性的《金剛經》、說成佛的《大乘妙法蓮華經》、開智慧的《楞嚴經》；很多都深奧難懂，所以必須透過「僧寶」去傳遞知識，而不是閒來爬爬臉書上的農場文，看了一句「佛陀曾說過⋯⋯（下刪一百字）」就覺得自己開悟得道了。到三寶俱足的道場看見僧人，恭敬合十問訊，然後問你心中有關學佛的疑問，大部分僧人外表嚴肅，但內心很慈悲的，不用擔心自己的問題會不會太笨，如果真的太笨太笨，問我好了，被我 Mean 兩次就不笨了。

假如真的什麼也不懂，我會直接叫他：「先從念佛開始吧！先每天簡單合十恭敬地念 10 句『南無阿彌陀佛』，習慣了後慢慢加至每天念 108 句『南無阿彌陀佛』。」

「就這樣？」

「對。就這樣。假如你對此感到疑惑而不去做，那麼還需談什麼早課晚課出坡法會八關齋戒等等等等？先讓自己建立一個習慣，在持誦佛號的過程中，讓心從粗至細慢慢收起來。就如你到沙灘用杯裝一杯水，水必然混濁、佈滿沙石；把那杯水放着，讓雜質沉澱，水就會慢慢回復清澈。就如我們的心，平日太多大大小小的煩惱如沙石，好好放下，心就會回復澄明。」

「這樣就是學佛？」

「那你為什麼想學佛？」

「因為這幾年世界好像變了個樣，我很煩惱，我覺得人生很不順，上司對我很差，與太太的關係在疫情後淡了很多，所有事情都很煩心，所以學佛拜佛，希望之後所有事情會順利一點。」

「如果你這樣想，那出發點有點不正確啊。學佛是減法，方向是斷煩惱，最終成佛。你求神拜佛是加法，方向是要這個求那樣，希望得到更多。你這樣去念佛，你的人生不會改變的，因為你的心沒有變。話雖如此，我們也可以先結一個緣，先念念佛，期望有一天這佛種子會萌芽。」

很多人說自己「在學佛」或「想學佛」，然後每天機械式地念咒、供水、頂禮、參加各種法會等等；做完一整套功課，然後生活依舊，看不順眼的人與事一樣看不順眼，要罵的半句也沒少，以往在貪的仍然在貪，有人惹你生氣的話就火力全開機關槍掃射，陋習依然是陋習，「學佛」與「生活」彷彿是兩個獨立事件。

記得在寺中上課時，法師有一句開示：「想知道自己有沒有在進步，你可以問一下，學佛這些年，你的煩惱有減少嗎？要是再次面對同一處境，你會否跟以往一樣起心動念？面對不稱心的事時，左肩上出現了小佛陀，右肩上則有一隻小魔鬼，你的內心真的在靠近小佛陀那邊嗎？面對貪嗔痴慢疑的糾纏時，你的言行舉止，真的在往善的方向靠近嗎？」這不僅可應用於佛教場景，大部分的宗教信仰者都可以像這樣進行自我審視。

有時候，口邊常提着修行學佛的「學佛人」可能比沒學佛時更固執、更高傲、更容易憤怒，甚至更執著於對錯，更喜歡「講理」而非講愛。嘴裏說着「眾生皆苦」，心裏卻在悄悄評判誰「沒修行」，那個人怎樣怎樣，總是有意無意地把自己放在一個道德高地，學佛這件事就變成了包裝或批評別人的武器。在道場或寺廟時總顯得大慈大悲，回到家面對家人不再溫柔，回到公司看到不順心的人與事就立馬心生厭惡，忘了包容為何物，卻標榜自己「精進學佛」。

真正的學佛，不在於自己參加了多少法會、念了多少句佛號，而是時時刻刻檢視自己的身口意：

我行為是否更利他，會否傷害到別人，傷害了自己？

我説話是否比以往柔和？我的話有沒有帶給別人欣喜安慰的感覺？

我心中是否更慈悲？我的貪嗔痴有沒有像打掃地上的灰塵般，逐少逐少被掃走？

佛陀的教法不是讓我們變得「比別人更好」，而是讓我們比從前的自己更柔軟、更謙卑、更願意低頭。假若學懂慢慢、慢慢放下這個「我」，每天放下一丁點，或許對立就少一丁點。也許你會問：「為什麼只有我去做？為什麼不是他她牠先走這一步？」我可沒有欺負你，只叫你做啊！別人有別人的因緣際會，我可管不了，但現在看這本書的人是你嘛，那就是我倆的緣分了。

所以，請靜下心來問自己：「我真的在學佛嗎？還是在學如何『顯得像個佛弟子』而已？」

弟子慚愧，學佛這些年煩惱陋習沒少半分，願未來路上仍不忘初心，真正把佛法活進日常生活中，把慈悲落在細節上，別讓我這隻「他媽哥池」長得像隻四不像。

老Best

「醫生上星期告訴我，可以停用標靶藥，他說我確認痊癒了，癌細胞沒有了！」

與數年不見的老友相約在餐廳，她的第一句話，讓我們一起浮誇地哭了十分鐘。

說這句話的女孩子叫 Woodie，是我的老 Best（最好的朋友）、戰友、恩人兼老師。從中一至今，我們認識超過 30 年了，與她一起度過的時光佔我目前人生的四分之三，敢問大家有多少位這樣的老友？如果有，恭喜你，一定要好好珍惜，因為與在兒時認識的朋友的感情是最純真、沒有被污染的。

Woodie 是性格鮮明且有點倔強的女孩，好像天大的事也可以獨自扛下來，也不喜歡帶給別人麻煩，這點跟我最為相似。

在整個中學生涯中，我們可算是「亦敵亦友」，由於我們的興趣都是唱歌，所以那時幾乎每個星期都會到音樂室練歌，每個學期參加大大小小的比賽，亦會給對方意見。奈何我們代表不同的團隊，所以幾乎在每一次決賽都是對手，直至整個中學生涯完結。

另一方面，在某種程度上，她算是改變我人生軌迹的其中一人。記得在大學本科畢業的那一年，剛好遇上全球非典型肺炎，一切都好像停了下來，但我算比較幸運，能在香港找到工作。就在2003年七月的某一天，在街上偶然碰見Woodie，她告訴我，她要繼續到英國升學，那個時候其實我也有這個打算，但總是猶豫不決，她知道我的決定後幾乎每一天都會來找我，鼓勵我不要放棄這個機會，我就隨便敷衍她：「現在都已經七月了，趕不及了。待我先工作幾年，儲點錢再過去吧。」也不知道她那時候為什麼這般堅持，說：「你以前比賽都是這樣對自己說的嗎？過幾年又過幾年再比賽嗎？為什麼總是找藉口？」結果那一年奇蹟發生，在一個月之內安排好了一切，找了以前大學的校長及教授幫我撰寫推薦信，然後速遞去心儀的大學；就是因為那兩封信，所以那所大學破例取錄了我，然後我跟 Woodie 就分道揚鑣到不同的城市去攻讀我們的碩士課程，就是這一個分叉點，讓我的人生截然不同，也開啟了我 20 年的金融行業生涯，後話不說了，都在以前的作品中說過。

畢業後各自投入繁忙的工作，偶爾出來見面，吃吃飯、聊聊天；後來她結識了一位外籍人士，婚後順理成章定居當地，我倆就很少見面了，只偶爾在電話上互相問候。有一段時間，她的香港電話直接被取消了，在社交媒體上也失去了蹤迹，所有朋友都找不到她，這個人好像從來沒有存在過一樣。

一開始我們還以為她應該是適應了外地的生活，所以慢慢地就跟以前的香港朋友少了聯絡，雖然有點可惜，但是只好尊重她的選擇。就這樣過了差不多四五年，當我差不多要忘記這位老朋友的時候，她回來了。

收到她短訊的那一刻，還以為是什麼詐騙電話，因為區號是不一樣的，直到聽見了熟悉的聲音，才確認是Woodie。

那個時候，我第一個反應當然是強烈投訴：「這幾年你到哪裏去了啊？完全消失！你也太過分了吧！」

她徐徐回答：「哈哈，幾年不見脾氣還是一樣。先不要罵我，讓我跟你說件事好嗎？」

透過那一通電話才知道，原來在她第二個小孩出生後沒多久，她就被診斷得了乳癌第四期，而且已經有轉移至骨頭的情況，所以這幾年她一直在服用標靶藥。由於身體狀況很差，加上兩位小朋友年紀還小，為了不讓別人擔心，所以她寧願像這樣消失。

「當我被告知得了末期癌症，我的小兒子才剛剛兩歲，我心想你不能這樣判我死刑！我兩個小孩不能這麼小就失去媽媽！我不能這樣離去！什麼最強、最新的藥物我都願意去試，只求有一線生機，可能就是這一股勁，讓我可以看着我的兒子長大，就是這樣簡單。雖然現在仍然在服用標靶藥，但是情況總算暫時穩定了下來，沒有繼續擴散的迹象，這已經算是我最感恩的事情了。所以在這一刻很想打電話給你，告訴你一下。」

當聽到這個消息，再想想剛才自己發的脾氣，我內疚得要死，立刻叫她靜下來，讓我先感受一下，最起碼讓我知道她這一關能不能過。「我們相信科學，但是在我的觀想中，看法跟醫生的好像有一些不同，給自己多一點時間，你會好起來的！我不騙你，也不是哄你。」

「其實這幾年我真的很無助，慶幸丈夫及他的家人把我照顧得很好，兩個兒子也很乖，讓我可以專心治療。但是我真的想不通，我這麼年青，也沒有什麼不良嗜好，原來死亡可以離我這麼近，生命真的很脆弱，所以我現在只求有健康的身體，這樣就滿足了。」

我跟 Woodie 說：「對的。生、老、病、死，以至生命的每一刻其實也是無常。我們的煩惱就源於認為這個世界沒有無常，所以才會追問為什麼總是發生一些不如意的事情，我們沒有看透背後的真正意義。或許有一天，我倆都會明白，每件事發生總有其因緣的，只是這刻時間未到，未能讓我們了解真相。不需要執著於為什麼，既然發生了，我們就只需記着聖嚴法師的四句説話：面對它、接受它、處理它、放下它。知道生病了，就找專業人士及醫生協助，反正自己也急不來；我們只需將疾病交給他們，接受自己生病就好。既然醫治疾病的責任都交給了別人，我們就不需有過多煩惱，只要好好活在當下，這個就是放下它。每一個人都有他的因緣和合，沒有什麼為什麼。假如你認為兒子不可以這麼小就沒有了媽媽，我就會反問：為什麼不可以？如果真的發生了，這個就是他們的因緣。生命其實只是一個過程，我們終點相同，只是學習過程不同罷了。」

有趣的因緣和合

就是這樣，我們重新聯繫起來，閑時也會互相問候一下，也讓我可以好好了解她的病情。2024 年初，她回來香港跟我吃飯，説的第一句話就是這個故事的開頭一句，總算守得雲開，我也可以放下心頭大石，回歸自己的繁忙工作中。

直至去年 10 月底，那段時候我剛好有一個大因緣，正式皈依於我在台灣的師父——道昧法師的門下。道昧法師的師公是台灣高僧大德廣欽老和尚，在他門下學習了一段時間，深感法師慈悲，故請求法師接納我這位弟子，師父亦欣然接受。就在我飛到台灣的當天，剛踏入寺廟就收到 Woodie 的短訊。

「JJ，現在方便找你説幾句嗎？」

「可以啊。告訴你一個好消息，我今天剛到高雄，準備過兩天正式皈依於師父的門下，我也是剛剛到寺廟，還未禮佛呢。」

Woodie 接着發來短訊，說：「上兩星期有一點感冒及頭痛，持續了好久，所以前兩天去看醫生，順道檢查一下。剛剛醫生打電話給我，告訴我癌症復發，而且轉移到腦部了。」

收到訊息的一刻，沒有呼天搶地的劇情，這是由於近幾年的熏陶，我逐漸明白諸行無常、諸法無我的意思，所以心中只冒起了一個念頭：知道了。那我們就接受，然後再去處理。但是在收到這個訊息的時候，我剛好在寺廟中準備拜會師父，心血來潮覺得這是一個契機，或許代表着一些緣分的起始，當下覺得應該要告訴師父一下，當然我也預計到師父的反應。師父聽到這個消息後，很平靜地說：「不用擔心，我先看一下。生病就交給醫生好好處理，我先幫你的朋友點上一盞佛前燈。」

我將這個消息跟 Woodie 說，猶豫了一會，然後問她：「你願意相信我，准許我替你觀想一下嗎？」得到她的准許後，我到寺廟中的房間觀想，看見了過去生的她曾經傷害過一些人，這粒業力種子在她今生這個年紀發芽了，然後我致電 Woodie，確認她在今生是否曾經發生過幾件事情，這些都會導致業力現前。在確認這些事情的確發生過後，我確切地告訴她：「我明白今天一切巧合的原因了！放心，眼前的病就找醫生處理好。另一方面，你相信今天是你佛緣的開始嗎？」

Woodie 聽後有點懵：「你說我的病情是與過去的業力及今生做過的錯事有關嗎？如果是這樣，我應該怎樣去做？」

我說：「一切從懺悔開始。這個概念對很多人來說很難懂，尤其是在逆境的時候。當生病時，我們第一個反應一定會問：為什麼會發生在我身上？這是因為我們看不通因緣和合，假如我們有能力看懂前世今生，就會發現現在遇到的逆境，都是過去生所做的惡業引起的。明白這個道理後，該懺悔就去懺悔吧。如果你相信，今天開始你可以每天念 100 聲『南無觀世音菩薩』，不是為了讓自己立刻康復，如果你這樣想，這個就是交易了。每一聲念佛也是誠心懺悔，每一句佛號也是迴向於十方眾生、寃親債主，祈願他們能早登西方淨土，就是這麼簡單。」

Woodie 說：「雖然有點難懂，但是我想我明白你說的道理。謝謝你，跟你聊天後，不知為什麼我的心好像安定了下來。我會每天都去做，不管將來結果如何，我也會盡力去應付這場仗。」

「放心啦！這次我會陪伴在你左右，也會為你每天誦經迴向。」

然後到當天晚上，師父跟我說他觀想到有關我朋友的事情，有着解釋不到的巧合，也是叫我的朋友開始誦經求懺悔，另一方面也透過師父們的安排，讓我的朋友到台灣去找一位老中醫問診，希望可以中西合璧治療癌病。

緣起

就這樣日復一日照顧小孩、看病化療、誦經、休息，中藥吃完了就到台灣覆診，中西合璧對付這個惡病。有一天，收到Woodie的短訊：「C，我想問一下你，其實你學了一段時間佛，我想問你相信奇蹟嗎？」

我笑着回答：「其實我跟你一樣，是絕對理性的人。如果你以前問我，我當然不相信；但是如果你現在問我，我會相信一切都是緣分，如果真的有奇蹟發生，那都是因為這個人有福報，或精誠所至金石為開。」

「中西合璧了三個月，我的反應都很好，副作用減少了很多。在這段時間，我每天跟從你及師父的建議，每天念佛，心情真的平復很多。直到今天早上到醫院覆診，醫生說我腦內的腫瘤不見了，或者應該說是縮小到檢測不出來，醫生說我是他這麼多年來見過、用這種標靶藥反應最好的一個，他甚至覺得有點不可思議，為什麼短短三個月腦內的腫瘤就消失不見。當然我不敢告訴他我有吃中藥，因為西醫都不太相信的。」

她續說：「但是我想分享一下，我這三個月的心情。還記得當天我們的對話嗎？那天晚上我想了很久，真正明白了你的用意。所以由第二天開始，無論我身體狀況如何，我也學習着你所說的慈悲心，每一句佛號我都希望把它變成最好的祝福送給世上所有人，包括你所說的讓我生病的冤親債主。慢慢我的心情好像放鬆了，全身疼痛也逐漸減少，沒有了那種要奮戰到底的鬥爭心態，反而多了一分平靜，好好面對眼前的事物。」

我說：「太好了！聽到你這樣說，其實我很感動。就是這個狀態，當你明白生命如流水，不需執著太多，隨緣而行，你就會了解到其實每一個順境都是福報；但每一個逆境，也不一定是逆境。只要我們真正能想通當中的意義，其實每一個逆境也是一個契機。所以當日我忽然明白，這個可能就是你學佛的因緣，隨喜讚嘆。」

Woodie 説：「還有兩件很神奇的事情要跟你分享。你也知道我的小兒子是完全不懂中文的，有一天晚上我自己在房間中誦經，小兒子嚷着要跟我一起念，當然這個對於他來説太難啦。所以我教了他一會兒他就放棄了，但是他也靜靜地陪伴我。直到 20 分鐘後我結束，我的小兒子抱着我説，『媽媽，很神奇！你剛才在念一堆東西的時候，我差點兒睡着。但是我忽然發現整個房間好像在發光，然後在房間裏出現了很多有鬍子的高個子，他們都微笑着圍着我們，但是我一點都不害怕，反而可以很專心地聽你在讀這些東西，整個房間很溫暖啊！直到你結束的時候，他們就離開了』。我想問一下，我的小兒子是遇見眾生了嗎？」

我說：「當然不是。你真的很專心地誦經，對嗎？因為法師們曾經開示，假如我們心無罣礙地去誦經，龍天護法都會來護持的。看來你的小兒子也挺有這個緣分，哈哈。那麼另外一件事情呢？」

Woodie 說：「這段時間有跟你的師父溝通，他鼓勵我每天念一篇《普門品》，我除了念觀音菩薩聖號外，有時間我也會去念。有一天我在誦經的時候，我的家姑前來探訪，看見我在誦經，她好奇問我在讀什麼，我就告訴她這本中文經文叫作《普門品》（她的家姑是日本人，不懂中文）。她拿來一看，十分驚訝，然後從她的手袋中拿出一本日語的《普門品》（日本的經文也是用漢字的，不過在旁會有日文注音），然後告訴我，她這段時間每一日也會為我誦念《普門品》。我跟先生結婚 10 年了，到這一刻我才發現原來我的家姑也是佛教徒。那一刻，我明白了為什麼你說我一早有這個緣分，只是我未知道。」

我說：「可能緣分更早也說不定，或許在 30 年前就種下了。你想想，要不是你 30 年前認識我，我們未必會成為最好的朋友；那麼畢業的時候我們未必有機會到英國一起升學，然後就未必會像現在那麼熟；那麼在你再次生病的時候也未必會心血來潮要打電話給我；假如你打電話給我的時候，我不是剛好在寺廟中準備皈依法師，我也未必會有這個意識要把你這件事告訴師父；假如沒有告訴師父，他也未必會讓我叫你開始念經，也不會忽然叫你飛去台灣看中醫；假如沒有這件事，可能你仍然在病苦中煎熬着，這粒佛種子也未必會發芽。這些一環扣一環看似是巧合，也像是劇情，但我看來就是因緣和合。你說是嗎？」

結語

寫着這篇分享的時候，我發現自己都是笑着的。看似一篇什麼見證分享會的文章，讓我的老 Best 一邊説要感謝我，一邊嚷着要強迫我學日文（她是日文高手），但在這段日子中，我何嘗不是衷心感謝她，用她的人生經歷做例子，讓我相信「佛法如海，唯信能入」。治病可能還有一段路，就像回家道路上的一條小彎路，哪怕拐多少個彎，最後能回家就好。

你相信嗎？

業力與修行

修行是否真的可以改變業力？相信這是很多有宗教信仰的人心中的迷思。其實一開始我也感覺有點莫名其妙和矛盾。以前總認為，想得到什麼就應該念某幾種經文，想要祈福就應該燒某些特定物品，總之做了一些事情或許可以換到一些東西回來，就像去冒險樂園買金幣玩遊戲換彩票，然後再用彩票換禮物一樣，反正這種想法從小就根深蒂固。但是，這幾年的學佛 BB 班讓我理解到另一個很重要的觀念：定業不可轉、因果不相抵。究竟哪一種說法才正確？如果修行不可以改變業力，不可改善現在的生活，那麼我為什麼要去修行呢？

經常會有人問一些類似的問題，例如：

「我近來失業，應該念什麼經令我盡快找到工作？」

「我要健康，是否每一日念一篇藥師咒就可以？」

「我朋友得了卵巢癌，我不想她太早離開，應該念什麼？」

近來被問得比較多的是：「很多人預測今年有地震，我念完南無阿彌陀佛是否可以照樣去旅行？」

什麼鬼東西？這是什麼問題？但是你別笑，你想到的問題會有人問，你想不到的也會有人問。

雖然我的學習日子尚淺，但是作為跌跌碰碰的一員，也希望可以分享一下不同的觀念，讓我們一同了解什麼是正信。如果求什麼拜什麼是希望能夠得到什麼，這一種是信仰，並非學習佛法。當然這個也不是壞事，起碼從一開始有一種心靈寄託，讓人短暫感到平安一點；但是我相信，真正的宗教不是為了讓你得到一份好的工作，或可以爭取到大生意，也不是讓你如願多抱幾個孫子，更加不用去想拜完佛、祈禱完之後可以不勞而獲，變得很有錢。貪念是我們其中一種執著，貪生、貪名、貪利、貪被認同、貪在自己生命中沒有的東西，某程度上也是煩惱的起源。每一份工作皆有好與壞，得到你夢寐以求的職位是否代表完美？有一些人爭取到大生意，但是每天不懂分配時間，將所有精力投入工作而忽略了家庭及健康。各人自有各人的快樂與難題，富有的人也可以很痛苦，多抱幾個孫子也可以是一種苦差，五勞七傷換來工作成功也未必是幸福；假如只是想通過「學佛」使你物質生活變得更好，這或許從根本上就是錯誤的，因為這是有所求。《金剛經》中有一句「應無所住，而生其心」，說的是我們不管學習和修行哪一種宗教，都是為了了悟實相，實相是超越過去生、現在、來生，也是超越物質渴求的，假如能夠看到這些事實，才會真正對人生有益。

重點來了！到底什麼是實相？其實我的每一本書都會出現同一句老

掉牙的話，那就是：

「諸法因緣生，諸法因緣滅，吾師大沙門，應作如是觀。」

這句話指的是，世上一切，包括我們這輩子所經歷的一切好與壞，全部離不開因果。無量世做過的好事與壞事，會構成無數的善因與惡因，就像無數的種子種在心田中（在佛教中，我們就會解釋成無數的種子種在我們的第八阿賴耶識中）。當業力成熟，「果」就會發生，即是我們每天經歷的種種事情。

有一些人會說多念佛，就可以消業障，就一定會變得更好。但重點在於什麼是「好」？我理解的「好」是否你理解的「好」？我們看到的從來都只是結果，也只是主觀地覺得好或不好。舉個例子，傳宗接代有多幾個小孩當然是開心事，但當遇上疫情加上失業，已經有四個小孩卻忽然又懷孕了，還是三胞胎，這一刻是好還是不好？我們看見事情的發生，自然會生起不同的情緒，但是如果真正理解這些事情都是因緣和合而已，時機成熟，它就會這麼發生了。如果因緣已經聚集在一起，而你又沒有做任何事來阻斷它們，那麼不管你喜歡或不喜歡，它總會在你生命中出現。這個就是我們常聽說的「眾生畏果」，就是看不到無量世的「因」，卻擔憂有不好的「果」發生。但你可以操縱業力，並且不僅僅是操縱，你甚至能夠用善業來摧毀惡業，也能用惡業來摧毀善業。這句話的背後意思就是「菩薩畏因」，即過去種下的我們改不了，但是我們可以阻斷未來惡果發生。

但修持佛法並不僅僅是為了用善業來摧毀惡業，這不是最終的目標。凡夫如我學佛的真正目的是為了超越善業和惡業，因為我壓根兒不想再受到「因果」的影響了。善也好惡也好，最重要的是不想再在五濁惡世中輪迴了。假如有一日，哪怕是下一輩子，或者未來世能到達這個境界，那時候好與不好已經不重要，因為已沒有分別了。

兜了幾個圈，還沒說出重點。那到底修行是為了什麼？修行就是為了修正自己錯誤的行為。因為我們仍是凡夫啊！在去到剛才所說的那個境界前，我們還缺乏定力，仍缺乏智慧，因此我們依舊會不斷犯錯，那麼就會不斷被「因果」所影響，即使不斷想跟「因果」分手，也拖拖拉拉分不了手。我很喜歡用以下這個例子來說明：我們說「難得人身」，修了多少輩子的福報，今生才有機會做人，才有機會學習；但是，就如我們已經有資金買了一輛性能最好的車，卻不懂怎樣去操控這輛車，所以仍會不斷地撞板，直到我們找到說明書，學習怎樣去開這輛車。對我來說，這本說明書當然就是佛陀留下的經典了。

這就是我們要修行的原因，而且，並非隨便坐一下禪、喝一口茶、誦一下經就是修行。對於我來說，成為佛教徒絕對不代表着我能一夜之間把我做過的所有惡業摧毀，了生脫死。我在這輩子經歷的所有逆境是我過去存留的惡業，當然要繼續償還，明白這個道理，該接受就接受，心懷懺悔之心，病過了就會好，承受完業就會消。繼續修持就是學習如何真正把惡因摧毀，期望在未來世不用再承受任何惡果。既然沒有下地獄的因，自然沒有下地獄的果。

就是這樣簡單。

如何才是正確的修持？謹記一句：「勤修戒定慧，熄滅貪嗔痴。」

未還的債

不准想，坦白回答我！

這一輩子有沒有試過借了別人的錢卻忘記還？有沒有有意無意傷害過別人？有沒有偷過東西？有沒有曾經說謊？有沒有成群結黨欺負弱小？有沒有殺死過小動物？有沒有做過第三者？有沒有已有伴侶但仍出外拈花惹草？有沒有對父母態度很差？

以上提到的很多事情，我都做過，那麼你呢？

然後我的下一個問題是，做了這些事情後，你有沒有還清這筆債？

欲知前世因，今生受者是；欲知後世果，今生作者是。每一句說話、每一個行為、每一種念頭，就如一望無際的網，把我們回家的路堵住，也把我們困在這個無止境的六道輪迴遊戲中。所以我經常在直播或其他節目中說：「管好自己的身、口、意三業。身就是我們做過的所有行為，口就是我們每一天會説的話，意就是我們每一日的念頭。」

先説意業，《仁王經》中說，我們每一彈指有六十個剎那，每一剎那有九百個生滅，一個生滅代表一個念頭。我們彈一下手指，已經可以產生五萬四千個意念，由於太快，我們甚至感覺不到。所以我經常會聽到有一些人説：「我覺得自己的腦部轉得太快，有時候根本不知道自己在想什麼。」其實我們都一樣，不過究竟這些念頭當中有多少是善的，有多少是惡的？

至於口業，上一本書有提及過，網絡時代最大的魔王不是佛經中的波旬，而是手機。一部電話在手，人人都可以是判官。哪管是非對錯真相如何，我認為對就是對，我認為不對就是不對，口誅筆伐不需留情，反正你不知我是誰，盡情將我的情緒發泄出來就好，結果造成口業也不自知，甚至有一些人會因被網絡欺凌而選擇終結一生，這種事屢見不鮮。

身業就不用多說，就是你的行為有沒有傷害過別人？

這一輩子也好，下一輩子也好，哪一輩子也好，待時機成熟，該還的總要還。

前一段時間到台灣找師父，師父開示的時候說了一個有關蓮因寺懺公的故事，是由一位法師分享給他的。在很久以前的一個早上，蓮因寺來了兩位訪客，是一位年青的比丘尼用輪椅推着一位看上去比較年長的比丘尼，年長比丘尼骨瘦如柴、行動不便、氣若游絲，年青的比丘尼代她說，此行目的是求見懺公師父。知客師父詢問原因，年青比丘尼就說坐在輪椅上的法師被六位亡魂附身，說要她的命。知客師父那個時候其實不太相信這些事情，但是也很慈悲地恭請懺公師父。

師父出來後，年青比丘尼向其報告現況，那位坐在輪椅上的比丘尼師父本來已經奄奄一息，忽然從輪椅站起來，用一把非常雄壯的中年男子聲音跟懺公對話，並控訴被附身的那位比丘尼師父過去生所作的惡業。原來惡靈跟這位比丘尼的過去生在清朝都是將軍，但是比丘尼因為私利，把惡靈家滅門。輾轉輪迴數百年終於找到她，雖然她這一輩子是一位精進的比丘尼，但是該還的債也是要還的。中年男士附身講話沒多久，聲音發生變化，轉變為一位老太太繼續控訴；那位老太太投訴完，將軍的太太繼續哭訴；然後就到三位小孩輪流出來大哭，並高叫殺人償命；在場法師看到這個情況，立刻起雞皮疙瘩，據他們分享，一輩子從未遇過這種事。懺公慈悲，聽完這個故事，知道這是殺業，而且沒完沒了，就嘗試勸服那六位亡魂，希望藉此可以解冤釋劫。但由於怨恨太重，他們並不接受，懺公師父只好離開大殿，返回念佛堂。那六位亡魂就在大殿上呼天搶地，甚至讓念佛堂的雙層玻璃也抖動起來。出家人不妄語，那位看上去行將就木的比丘尼，喉嚨能發出六把聲音，如果沒有親眼看過，會覺得匪夷所思。但是作了惡業之後因果到來，就是想擋也擋不住。所以法藏大師曾經説過：「我們要是造了這種重罪，別説成就聖道，只要能好好地過這一輩子就很好了，努力修行也不可能還清惡業的債。」

如是因果

說起有關修行與業力，這一年有一個印象深刻的案例可以跟大家分享一下。在年初的時候，有一位中年太太過來預約問事，問有關健康的問題。她剛剛進房間，就給人感覺有點怪怪的，我們隨即展開對話。

JJ：「午安，不好意思，想唐突地問一下。因為你進來的時候，我感受到不太好的氣場，綠綠黑黑的，代表是病氣，但是這種病氣是外來的，不是從你身體發出來的，所以想問一下你近來是否經常進出醫院？或有親人得急病？」

王太太：「你怎麼知道的？是的。我今天過來最主要就是想詢問一下有關我先生的病況。」

JJ：「讓我看一下，因為我暫時不知道情況如何。方便把你先生的姓名及照片給我看一下嗎？」在得到這些資料及准許後，我便燃香、誦經、安住身心，然後觀想一下先生的狀況。「有很多不同的訊息，但有八個字我認為是與身體健康相關的，那就是『雖有凶險，柳暗花明』，不管你問什麼事，我想這兩句代表的應該會是好消息吧！」

王太太：「我不知道應該要說什麼了！其實我早前也去了一所寺廟扶乩，也是問一下我先生的健康狀況。乩文有四句，太長我已經忘記了，但是有兩句印象比較深刻，和你剛才說的那八個字幾乎一樣！」

JJ：「如果是這樣，那麼你就不用太擔心了，對嗎？」

王太太：「讓我詳細告訴你現在的情況。我先生今年70多歲，他於兩年前因為身體不適在街上暈倒，進醫院檢查被診斷大動脈剝離，就是主動脈內層撕裂。由於年紀較大，醫生建議要繼續留意情況，暫時不動手術對他有好處，因為不知道身體能否承受，假如不適持續就需要動大手術。直至兩個月前，先生身體再有不適，醫生經檢查後建議不能再拖延，雖然有風險，但是必須動手術。我本身有拜神的習慣，雖然不是學佛，但是每天也會誦經，也會到不同寺廟及道堂參拜。為着這件事，我到了一個廟宇去扶乩問事，得出最後會平安無恙的答案。這個廟宇是非常靈驗的，我們也經常參拜，所以知道這個答案之後，我們的心也安定了下來，於是請醫生安排手術。」

JJ：「你先生有動手術嗎？現在情況如何？」

王太太：「醫生安排了做手術，整個手術也很成功，沒有出什麼問題；但由於是大型手術，所以必須要全身麻醉，在完成手術後第二天我們去探望時，他還未醒。之後我們多等了一兩天，他還沒有醒過來，直至醫生再做詳細檢查時才發現，雖然手術很成功，但是血液未能成功通往腦部，所以造成腦部缺血性中風，直至現在仍昏迷不醒。」

知道這個情況後我也頗為驚訝，尤其是當我得知我感受到的情況跟乩文十分相似時，但是，為什麼結果會出現這麼大的偏差呢？為了可以更加詳細地了解狀況，我讓王太太告訴我，先生現在身處哪間醫院以及他的出生日期，看看能不能有更清晰的畫面。

這一次的觀想用了更長的時間，然後我將我心中看到的畫像告訴王太太，並確認一下當中的落差。我説：「你先生的福報很好，他應該是一位很慈祥的老人家。我想問一下，在他病床邊，尤其是床頭，是否放了很多不同的經文或者佛像，或者一些被加持過的東西？因為在他上半身，尤其是頭部附近的位置，好像有一個很光亮的球體包圍着他，看上去就像一個保護罩。」

王太太：「是啊！先生手術後昏迷了一個多星期，我的親朋好友十分關心我們，所以從不同地方帶了很多被加持過的經文、佛像放到我先生床邊，希望能帶給他幸運；與此同時，我在先生耳邊放了一部念佛機，希望他可以在這段危難關頭不停聽着佛號。」

我說：「所以我說，其實你先生很有福氣，也應該是一個大好人，否則這段時間不會有這麼多人來關心他。放在他床邊的東西真的有能量，希望可以為先生帶來更好保護。但是我很好奇，在他床的右邊有什麼東西？具體在什麼位置？因為那裏有一大團黑色的氣場。你等一等，我仔細地看一下。」

當我在觀想中，將視線從床慢慢移去右邊的位置時，隱約看見站着了一堆人，應該說是眾生；當中有男有女，有老有少，但是人數卻看不清，他們都沒有什麼動作，只是站在那裏，靜靜地、歡愉地笑着。我本不應該用這樣的字眼去形容，但是我真的能感覺到他們笑得歡愉。我當下覺得，他們不是想帶王太太的先生離開，反而是等待着，不想他這麼快離開。當我在觀想的時候，隱約感覺他們知道我的存在，但是也清楚知道我做不了什麼，所以也不理我。於是我從觀想中回來。

我回應王太太：「我明白雖然我的觀想跟乩文的內容幾乎一樣，但是現實卻有這麼大落差的原因了。我們在學佛時，經常聽到一句很重要的話，就是『神通不敵業力』，我今日深切體會到了。佛陀住世時，有一位被稱作神通第一的弟子——大目犍連尊者，即使是神通第一，最後也被外道襲擊殉教，這是尊者過去生的業力所致。你的先生也一樣，即使他今生是一位大好人，但是由於過去生有傷害別人的業力，所以當種子成熟、時機來到，冤親債主臨門討債，即使我們本來看見在這個關口可以逢凶化吉，最終也會被業力影響。因為先生現在承受的不是今世的因果，而是往昔的債，是往昔的惡因造成今天的惡果。」

王太太：「那現在可以怎麼辦？」

我說：「如果我沒有看錯，你先生大概會在7x這個歲數才會離開的。」

王太太：「7x？我先生還有差不多三個月的時間才到這個歲數，根據你的說法，他還要多承受三個月的痛苦？我真的不忍心。由於他腦部缺血性中風，醫生說康復機會基本上是零，他每一天都在痛苦之中，每天看見他七孔不斷滲血，你能想像到我有多難受嗎？我可不可以為他做些什麼，讓他早點擺脫痛苦？」

我說：「這已經不是人力範圍可做的了，只可依靠佛力。我現在先送一盞佛前燈給你先生，然後再為他誦經並迴向他身旁的冤親債主，願他們能放下仇怨，讓你的先生能早點離苦得樂。在我誦經的時候，你也可以在心中默念『南無阿彌陀佛』，祈願阿彌陀佛庇佑，能讓你先生早日往生西方極樂淨土。」

説着我到外面拜託秘書為王先生點上七天的佛前燈，然後回到房間開始與王太太一起誦經。我先用靈氣保護了他們二人，再慢慢念着大悲咒。每一篇大悲咒在觀想中化作一朵一朵蓮花迴向給站在床邊看戲的冤親債主們。慶幸王先生在上輩子沒有對那些冤親債主犯下殺業，只是不知何故傷害了別人，加上王太太的心念起了作用，站在床邊的眾生陸續離去。但願他們也能夠放低仇恨，去更好的地方。不知過了多久，直至最後一位眾生離開，我們才停止誦經。

「好了，我們現在可以休息一下。你這幾天多探望先生吧，每一天可為他多念南無阿彌陀佛，也可以為他持誦《阿彌陀經》，在他床邊的物品先保留着，希望讓先生有更好的保護。未來這七天也差不多是時候了，如有任何最新情況，請立刻告訴我。」

王太太：「感謝JJ，希望如你所言，先生能少一點痛苦，因為我認為最痛苦的不是死亡，而是這樣生不如死。」

在王太太離開工作室後，隔天收到她的短訊，王先生在早上安詳地離開了，算是不幸中的大幸，起碼不用再受折磨，願王先生能早日往生西方淨土。

結語

很多人誤會現在開始修行，或「臨急抱佛腳」可以完全改變現狀。但透過這兩篇分享，希望讓你明白誠心念佛，或許真的可以改善一些狀況，但當身處逆境時，你真的能對自己的誠心及懺悔心有這麼大的信心嗎？如果沒有這麼大的信念，你就未必是在念佛，而是讀佛了。既然害怕有不好的結果會發生，倒不如從根本出發，讓我們明白因果的可怕，少作一點惡業，少種一點惡因。

因為你永遠不知道什麼時候業力成熟，會開出一朵食人花，回家的路也不一定是好走的。

寃親債主

在猶豫着應否寫這本書的時候，有一些讀者跟我說其實我有很多題材，例如每星期直播前，我在社交媒體都會安排一個叫作「Mean問Mean答」的環節，每星期都會收到大概150至200條問題；即使把重複的刪掉，輯錄一下每一條問題的回答，估計最起碼可以多出三四本書。我想一想也是，這樣的確能省卻不少時間呢。別小看這些問題及回答，雖然有時候會帶點嬉笑怒罵，有時候我的回答好像答非所問，但其實每一條問題我也是認真回覆，也認真想着哪種回答方式可以發人深省。

這是我與讀者及觀眾的一種心照不宣的溝通方法，直至有一天，一位沒有追蹤我的讀者問了一個很有趣的問題：「你是擺渡人嗎？」起初我還以為他是問我有否參與那一套電影，當晚立刻上網搜尋了一下。

維基百科上寫，按照字面意思，「擺渡」指划船載人過河，「擺渡人」就是從事這類工作的人；在文學和影視作品中，常指幫助他人渡過難關、走出困境，在心靈或精神上給予指引和支持的人。

那天我想了一晚，我覺得我未必有資格是擺渡人，最起碼暫時未有資格。我經常在直播時説，我在飾演着一條橋的角色，用比較在世（生活化）的方式，讓人可以有多一個渠道了解我的宗教到底是什麼，與大部分人認為的拜神又有什麼分別，在學習的過程中能領略到什麼東西。我想跟別人説，我只是偷偷將一些種子種在你的心田中，這粒種子什麼時候發芽也不知道，但是或許有一天你會有多一個興趣，想了解多一點，那個時候你就可以到一些正信的道場或寺廟，向正牌的僧人請教離苦得樂的學問，那時候你就找到回家的路了。

與你同在

「我想問是不是每一個人都有冤親債主？我覺得我的人生很不順，請問如果要迴向給冤親債主應該要念什麼經？」這是值得說一下的問題，但是這本書畢竟不是什麼宗教書籍，所以就用一些在世觀點去討論一下就好。

短短的問題，其實包含四個重點。第一個是，每一個人是不是都有冤親債主？第二點是，到底什麼是冤親債主？第三點是，到底什麼代表人生很不順？第四點是，迴向應該要念什麼經文？

先回應第二點。冤親債主看上去是一個名詞，但是其實由四個字組合，代表四種關係。「冤」就是傷害過我或被我傷害過的人，因此我會討厭你，或你會討厭我。這種未必是誰欠誰的關係，舉一個例子，這輩子總會遇上一些人，明明我倆沒有什麼關係，也沒有什麼交集，但是就是不知道為什麼總覺得看對方不順眼，這種就有可能是不知道哪一輩子有「冤」的關係。「親」就比較容易理解，就是我愛你或你愛我的關係，那種愛未必是「愛情」的愛，也可以是朋友間的愛、親人間的愛、伴侶間的愛，或不知何故對某一些人特別有好感，很想去了解他多一點，看他多一點。舉一個例子，在我眼中姜B應該是這種「親」人，除了他本身努力工作及有實力外，有些人或許會問為什麼這麼多人喜愛他？如果從三世因果來說，他肯定是無量世以來做了很多好事情，才值得有這麼多人愛戴，這種善果是與生俱來的。「債」就是你欠人家的，不一定是錢，也可以是人情，別人幫助過你、拯救過你、保護過你等等。有時候看到一些夫妻朋友耍花槍，總會聽到其中一方說：「都不知道我是不是上輩子欠了你，今生才會對你這麼好，才會被你欺負。」看似打鬧，其實十分有道理。「主」就相反，不是你欠人家，而是人家欠你。這些「冤親債主」就像無數的種子撒在你心中的泥土，待時機成熟就會發芽，就是人家要還給你，或是你要還給人家的時候。但是大家別拘於「冤親債主」的固有形象，「冤」未必以仇人形象在你人生中出現，「親」也未必一定是你的至親，「債」未必要追你還錢，「主」也可以以不同的形式去報答你。

如果看得懂這個解釋，其實人生起碼有一半的煩惱能看得通透一點。

「如果我從來沒有認識他，沒有跟他結婚，我的人生會不會好過一點？」

「如果知道你會這樣傷我的心，我當年不讓你出世就好了。」

「如果我不是信了他，和他一起做生意，我就不會到這個地步，連最好的朋友也沒有了。」

「如果我把母親照顧得好一點，她是不是就不會這麼早離開？」

「如果我堅持不讓他到國外，他就不會無故被抓，不會坐牢了。」

其實人生沒有如果，只有因果。就是因為我們還未看懂，才會有這麼多追悔，才會有這麼多的憤怒，才會有這麼多的擔憂。

那麼人生在世是不是一定會有冤親債主？除非你是從石頭爆出來（但起碼你也要有從石頭爆出來的因緣）。我們常聽到一句：「人身難得今已得，佛法難聞今已聞，此身不向今生度，更向何生度此身？」就是說你今生得人身，甚至可以坐在這裏看着這本書，代表你必定是經歷過無量世走過來的。假如真有六度眾生，光是海陸空畜生道眾生，其數量已無限，還未包括我們看不到的地獄、餓鬼道眾生，所以光是做人，哪怕順境逆境，你已經是精英中的精英了，起碼你現在不是你正在吃着的那一件家鄉雞，起碼你仍有機會可以去修行，讓自己未來世有機會不再受苦。既然已修了無量世今生得人身，那當然冤親債主也有無數啦！只要有人、有物、有時間空間，就一定會有糾纏，就一定會有關係；除非你已明白這個道理，今生到來就是了斷所有因緣，否則冤親債主就必定與你同在，只是看哪個比例比較高罷了。

順與不順

至於什麼是順境、什麼是逆境，想必你會發現，在這本書中，我重複又重複又重複又重複地不斷在闡述這個概念，人生沒有順境或逆境，都是因緣和合，都是學習過程而已。我記得去年有一位女士找我問姻緣，她想知道自己跟未婚夫的婚後生活會否幸福順利？我簡單看了一下，欲言又止，之後問了她一句：「是否一定要結婚？」她很驚訝地追問，但是由於未婚夫也在場，我就沒有多說什麼，只是回覆了一句：「隨遇而安吧。」後來過了不到一年，她有一天晚上到工作室剛好碰見我，告訴我在婚後不到兩星期，她就意外地發現丈夫原來一直有召妓的習慣，於是一怒之下選擇離婚了，亦於當下明白為什麼我欲言又止。由於對她衝擊太大，她在分居的半年間身體狀況急劇轉差，血壓嚴重超標，後來到醫院做檢查才發現，原來心臟一直存在先天性的問題，需要做手術。由於一年內經歷了人生所有大喜大悲，她心中十分痛恨前夫，也在埋怨為什麼這樣狗血的劇情會在自己身上發生。

我聽完這個故事，拿了她的名字去觀想一下，然後說了一句差點讓她給我一巴掌的話。

我說：「太好了，緣起緣滅就這樣吧！他在你生命中出現，把這個恩報完他就離開了，你就不要再記恨了。」

她帶着難以置信的眼神說：「什麼？你說他來報恩？」」，你不要跟我說他召妓是為我好吧？」

我大笑起來：「先不要打我。你覺得你的生命是否重要？他這輩子就是用了這個下地獄的手段來報你這個恩。要不是你們相識了這麼久，你們就不會結婚；要不是你結婚後發現他有召妓的習慣，你就不會那麼生氣，你就不會喊着離婚；要不是這段經歷，你的血壓就不會這麼高；要不是突如其來有了這個變化，影響了你的身體，你就不會去做這個檢查，終於發現原來心臟一直有先天性的問題；要不是這個經歷，心臟問題就不會被根治，你的命就沒有了！不是你欠他，而是他欠你呀，傻瓜！現在債都還清了，還不走嗎？那麼你再想想這段經歷是好還是壞？是順境還是逆境？」

心念一轉，她當下沉默下來，然後破涕為笑，說：「我痛苦了差不多一年，被你五分鐘就說破了！原來真的可以馬上放下，我現在兩邊的肩膊立刻輕了，整個人放鬆了。放下吧！忽然明白了就不恨了，真的很神奇，我提不起那種恨意了，原來是這樣安排的！」

所以你說你不順，是因為你仍未從中理解真正的意義。

至於要念什麼經可以迴向給冤親債主，請先撫心自問，你念經的潛台詞是「我現在迴向給你了，你不要騷擾我」，還是真正想將祝福送給所有冤親債主，不管他現在是不是在傷害你？如果你的答案是前者，那就別浪費心機了，你念什麼也沒有用，因為你生不起懺悔之心。為什麼他會是你的冤親債主，就是因為在無量世以來你傷害過他，只是在這一輩子你不知道罷了，所以順境感恩、逆境懺悔是首要。明白這個道理後，念你認為相應的經文，《普門品》也好，《地藏經》也好，甚至一句南無阿彌陀佛也好，只要是誠心誠意，一句佛號已經是無量光、無量壽、無量功德了。

再補充一點，每當有人問有關冤親債主的問題，他們潛意識就是在問有沒有眾生在騷擾他？我多數都會回覆差不多的話：「什麼冤親債主？你聽電台節目太多了吧，哪有這麼多鬼故事！你人生中最大的冤親債主、最大的菩薩就是你的父母，你報恩了沒有？你要迴向的話，最先就是要迴向給他們，你做了嗎？只會每天敲經念佛，迴向給這個迴向給那個，在法會、在寺廟中笑臉迎人，卻忘記多回家看看父母，那麼你迴向給誰都沒有用啦。

根據開頭的定義，原來我真有點擺渡人的模樣呢。

父母

我在2021年6月，放下了舊有的一切，走上一條從沒想過的路。那時候曾戲言，應該要接引10,800位有緣人，我才可以正式下班。雖然在2023年底開始已經不接預約，但是其實我沒有停過，一直在見之前已預約的人。幾年前工作時間與學習時間的比例是七比三，現在應該是五五開吧，未來要走的路一點也不輕鬆，隨遇而安就好。但是說這番話的重點是，我見的人早就超過剛才所說的數字了，看來這幾年幸運地結了不少善緣呢。

與我結緣的人提出的問題種類不同，有人問關於人生、愛情、家庭、健康的題目，也有一些人是沒有任何目的地過來，就想讓我看看有什麼話要跟他們說。這對於我來說是一種很有趣的體驗，因為我對來見面的有緣人唯一掌握的資訊就只有對方的名字，然後他們就會坐在房間裏讓我不斷地說話，當然我也不知道自己在未來一小時會說些什麼鬼東西。在這幾年，我慢慢發現成年人在面對不同的順境逆境時，原生家庭往往會對他們的意識造成很大的影響。

「天下無不是之父母。」「不管他們怎麼對待你，也是你的父母啊！」「他們是你的父母啊，他們做錯了什麼，你也不能罵他們，你這樣是不孝。」跟我差不多年紀的人，想必也聽過不少類似的話，可能我這樣說會令一些人感到不高興，但是就是因為這種從小聽到大的封建說教刻進了不少人心中，給人一種「道德綁架」的感覺。我在單親家庭長大，背景也比較複雜，所以我養成了「嘴上不饒人」的態度，經常被媽媽嘮叨，說我沒有禮貌。印象比較深刻的是在我先父去世的時候，我選擇不披麻戴孝（詳情可以看回我之前兩本書），有一位長輩走過來罵我：「為什麼你不披麻戴孝？他就算做得怎麼不對，也是你的父親，哪怕他打死你，他也是無罪的。你這樣做很不孝。」當刻我頭也不回，立馬回應：「明白明白。

衣服在那邊，你想穿你自個兒拿去穿，喜歡的可以帶回家。」他被我噴得一臉灰就走了。但對於這些老調，我現在多了一些體會。

老死不相往來

陳氏夫婦算是和我第一批見面的有緣人，第一次見陳太差不多是在三年前。每次陳太過來，總會帶着她的寵物——一隻很可愛的小狗陪我玩，而陳先生就會陪着陳太太過來。他們兩夫婦都是和善的人，也十分喜愛小動物，有時候會做寵物寄養家庭，讓一些無家可歸或因故需要找地方暫住的小動物提供一個家。陳先生個子高高，經常笑臉迎人也愛開玩笑，是一位傳統顧家的好男人；而陳太是一位典型的香港女性，努力工作之外也把家庭照顧得很好，同時她也是一位術數的師傅，所以她第一次來找我的時候，我好奇地問：「既然你是一位術數師傅，為什麼會來找我問事？你自己去推算那些問題就好，找我幹什麼？」

陳太笑着說：「我相信你可以看到一些術數以外的東西，所以就找你確認一下我這條路是否正確？」我給了她一些建議，由於大家都是懷着一顆赤子之心希望能幫助更多的人，所以在客戶關係以外亦建立起友誼。結束後她立刻預約第二次問事，也順道幫陳生約了，但已經要排到三年後。所以第二次與陳太會見後，我會跟陳生聊聊天。畢竟有三年的時間去驗證我説過的話，陳太一步一步走來也明白三年前這些話的意義，所以這一次見面沒有什麼大問題，她只是隨意問一下未來要注意的事情。

由於與陳太的會面比較輕鬆，加上她和我預告了陳生其實沒有什麼特別事情想問，可能就是簡單了解一下工作前景，或者身體有沒有什麼地方需要特別注意，所以我直接邀請陳生進來房間與陳太並坐，並開始這一個小時的會面。

跟我見過面的人都知道，一開始我不需要對方的資訊，包括名字在內，我會先燃香，與對方靜坐一下，然後聽幾下頌缽的聲音，從而了解我們聊天的方向。三個頌缽、三組聲音代表不同方向，太陽頌缽主宰着力量及方向，一般來問事的人與這種頌缽聲音較為相應；月亮頌缽是尼泊爾頌缽老師在每個月的月圓之夜，以人手打製的頌缽，主宰着潛意識及溫柔的力量，一般處理靈性上的問題或情緒上的煩惱；最後一個是刻滿不同圖騰的巨型頌缽，是一個在月圓之夜以人手打製的太陽頌缽，由於兩種能量都在，所以這個頌缽是專門處理一些靈異的、科學解釋不到的事情。

當我懷着平和的心情與陳氏夫婦靜坐，聽着頌缽敲擊的聲音時，腦中忽然響起一把年長男士的聲音：「都沒有拜祭我。」我皺了一下眉，笑說：「不好意思，我剛才走神了，我們重新來一次。」然後重新開始整個流程。當我重新開始敲擊頌缽時，相同的句子出現在腦海中，我立刻停下，然後問到：「陳生，唐突問一下，家父過身了嗎？如果過身了，請問你們有哪位至親沒有出席喪禮拜祭他呢？」

他倆即時面面相覷，然後陳太問到：「怎麼了，發生什麼事情？為什麼忽然問這一個問題呢？」然後我把我聽到的那一句説話告訴他們，接着陳生淡然説着：「是啊！死了！是有人沒有去拜祭他，就是我啦！那又怎樣？」被他這麼一説，我忽然不知道怎樣反應。當我再次合上眼敲打頌缽的時候，那把年長男士的聲音又再出現：「為什麼我走了都不來拜祭我？你這樣很不孝。」同時，我能強烈地感受到，説話的那位男士當下就站在我身後窗外的位置，但是由於他帶有嗔恨心，他根本進不了我的工作室，所以只好「站」在窗外傳話。

我沒有把這句話直接説出來，因為如果我説出來就是在指責別人了，那麼我們就沒有可以談下去的空間。我故作隨意地問了一下：「為什麼沒有拜祭先父呢?是不是中間發生了一些事情或者誤會?」

陳生回答:「這個『死老嘢』不是我的父親,我很早就跟他脫離關係了。在年輕的時候,我們兩夫妻跟我的父母同住,有一天晚上父母因一些小事發生爭執,『死老嘢』脾氣從來都是十分暴躁,那一刻想拿刀攻擊我的母親,我當下立刻制止,發生了一些肢體衝突,因為我必須保護我的母親。然後他就不斷言語攻擊我們兩母子,甚至說母親勾三搭四,所以生下我這個野種,反正說了一堆十分難聽的話,我喝令他道歉,他也不肯,結果第二天我們決定帶母親搬走,自此和他沒有任何聯繫,直至他去世,我也沒有出席他的喪禮。就是這樣,也沒有什麼好談的。」

我回應:「先父應該過世沒有多久吧?因為他站在我身後的影像十分清晰。由於你們有血緣關係,所以即使我們沒有召喚他,他也因受感召而到來，亦可能是因為在你心中有一個結需要解開。鬼有鬼通，雖然嗔心及一些習氣（壞習慣）仍在，但起碼他看事情看透了，他知道自己說錯了話，知道你是他的兒子。但是他很有趣，抱着一副『我雖然有錯，但是你不來拜祭就是你不對』的態度，所以是不會道歉的。」

陳生聳一聳肩：「我知道啊！這個人就是這樣，從來只有他是對的，他說的話就是真理，因為他覺得自己是一個軍人，所以沒有人可以違抗他的權威。我沒有感召他，也別妄想我會去拜祭他。我是我母親所生，而不是他。」

看着眼前的陳生，心想，這不就是2011年的我嗎？代入他的處境，我感到心痛。我說：「陳生，你是對的。你是你母親所生，但你也是因為受到父母業力感召而來的，沒有他倆的因緣和合，你今生難以成人啊！所以無論你有多不喜歡，多討厭他，在血緣上你的確是他的兒子。如果你想完全斷絕關係，把你的手還給他吧，把你的腳還給他吧，把你的命也還給他吧。真心跟你說一句，我想我有資格說，我是真的能理解你的感受，因為我也是這樣走過來的，所以我想你必定是不好受的。但是從慈悲心的角度去看，一個當過軍人的男士，幾十年來每天都在憤怒嗔心中度過，我相信他也不好受，會有一份不被理解的孤獨感。」

陳生沉默了，陳太的眼眶也紅了。然而在這一刻我也不太好受，因為旁邊的那位陳老先生在耳邊呼喝，說話急速，一大堆話快得我也聽不清楚，大概意思就是叫我不要說那麼多廢話，直接轉達他的話就可以，別在這裏囉囉嗦嗦。當下我像自言自語般說道：「這是我的地方，你不要在這裏無禮地催促我，你再這樣呼呼喝喝，我立刻趕你走！」他看見我忽然自個兒對着空氣喝罵也不明所以，我便將情況如實告知。他倆一聽到我這樣形容陳老先生，立刻失笑：「對對對！這個『老嘢』就是這樣，只有他是對的。就像從小到大他認為他的大兒子是最好的，所以十分縱容他，讓他養成了不務正業也不懂照顧家庭的習慣。我跟母親責罵他的時候，父親就會說我們不可以這樣罵。以前跟兄長起爭執打架，到頭來也只會是我受『軍訓』！那是真正的『軍訓』，被吊上橫樑用木棍毆打，我很討厭這種家庭教育。」

「由於他的業力，他現在墮於鬼道中受苦，但是他的性格執著，並沒有求救或者要求後人為他做些什麼，只是我看到了他在下三道的形相。坦白說，如果我有能力讓你們看到我所目睹的東西，相信我可以節省很多談因果、說佛學的時間，讓你們知道下三道的痛苦，讓你們知道不斷輪迴的可悲，讓你們了解眾生對回家路的渴求。你們看過《地藏菩薩本願經》嗎？經文第一品〈忉利天宮神通品第一〉中，有一段描述了一位篤信佛教的婆羅門女因母親罪業深重，所以墮於無間地獄中。墮在三惡道中的眾生求出無期，除非承受完業力才能離開。先父的情況就是這樣，只有靠慈悲的佛力或他力才可以幫助到他；可以到正信道場尋找僧人為他超度，或是有血緣的子孫為他誦經、茹素、多迴向、多累積福報，才可以讓他離開。就如婆羅門女的母親，由於女兒為其修福，所以最後能離開地獄，我說的就是這個意思。」

這一刻陳生終於敞開心鎖，表現他真實的情緒，紅着眼眶說：「難！我現在真的做不到！在你跟我說話的時候，我很專心地聽着，但是腦海中總是浮現出一些童年回憶。我以為忘記了，但是無論什麼時候回想起來都是歷歷在目。以前父親是開餐館的，有一次在店裏打完麻將後，他的朋友離開時意外遺留了一疊錢在櫃中，我見狀立刻拿回給他的朋友，結果他打了我一頓，還責罵我多管閑事。這些事情現在說出來，好像只是小事一椿，但是困擾了我很久，讓我由衷地討厭這個人。」

我說：「如果我沒有猜錯，你是一個經常把不滿憋在心裏的人。當你在工作中遇上一些不公平的事，你當時會冷眼旁觀，但是回家後會生氣或抱怨，對嗎？在你工作的時候，總感覺有諸多不順，鬱鬱不得志，但是發泄不出來，對嗎？而在人際交往方面，總覺得很難找到真正交心的朋友，因為你在潛意識裏會習慣保護自己，封閉真正的感受，所以經常笑臉迎人，把不開心都藏於心中，不僅是為了保護別人，更是想保護自己，對嗎？」

陳生眼眶更紅了，陳太也在流淚，她說：「他是這樣的人，相信這幾十年來只有我看過他這種模樣。他從來不會把這一面給別人看，總是笑嘻嘻的，總是自己撐着。」

我笑一笑：「看似在對先父生氣，其實就是在折磨自己，然後不知不覺影響自己的一生，這就是『執著』。先父身、口、意三業的惡果，讓他自己去承受好了。他之所以要承受，是因為他還未明白這種輪迴的痛苦，在無量世以來不斷地犯錯，還未明白什麼是『回家』，所以這些因果就糾纏着他，讓他在不知多少輩子中仍在六道輪迴，甚至現在在鬼道中受苦。我不斷地説着『回家回家回家』，那到底什麼是『回家』？我不是在説基督教或天主教的回到天家、回到上帝身旁的那一種『回家』。它的意思是，總有一日我們會真正明白，其實我們都有資格可以不再輪迴，不再承受所有的痛苦，因為這是佛説的。但是由於我們的貪、嗔、痴、慢、疑等等的污垢，讓我們看不見這一個事實，所以我們從來沒有真正『發願』，沒有真正想脱離這一個輪迴的夢境。」

我先讓陳生陳太思考一下，然後續説：「先父有他的因果，有他的壞習性，這是他的事，與你有什麼關係？你卻拿他的事加諸自己身上，讓自己起嗔心，一句一句『死老嘢』讓自己造業，讓這些已經過去了的事情影響自己的習性，不知不覺中讓這些習性影響自己的人生，你說可笑不可笑？看不見因緣和合，自己在今生承受過的童年也許是無量世以來曾經所作的業，現在只是承受那個果，這個就是我們所說的『愚痴』。都過去了，假如真的明白這些因緣，經歷就不再是痛苦往事，而是滋養你智慧的營養品，讓你培養慈悲心之餘，也可以學習着真正放下；假如有一日你回想這些事情時，內心不喜不怒不嗔，那麼世上還有什麼難題？有什麼逆境會妨礙到你呢？但是別急，都需要一個過程。」

之後我們三人沉默了良久，同時我也在回想我是怎樣走過來的，不管我與父親過去的關係是怎樣，我現在真的生不起半分嗔心，只有滿滿的感恩與祝福，但願多念佛能夠讓他往生西方。

陳生看似也在回想，然後徐徐說出：「哈哈，本來今天是來問母親的事情，怎會無緣無故談起我的父親？其實我怎會不是他親生的呢？從小到大，我媽都說我跟父親是同一種壞脾氣，都同樣固執。我從今天開始，會好好體會你所說的話。」

陳太說：「等等！你剛才說什麼？你說『父親』？這麼多年了，我也是第一次聽見你叫他『父親』。」我們仨相視而笑。

我又說：「好了好了！都超過時間了，你們再不走，下一位等候的客人就要進來罵你們了，哈哈！你們要記着，今天因緣來到，我沒有做什麼事情，只是偷偷將這一粒慈悲的種子放在你心上。多布施、多微笑、多學習，灌溉心中的那一粒種子，當時機成熟他就會發芽，那個時候你的人生就沒有你所說的『不順』了，因為再沒有什麼東西是放不下的。」

後記

真正的修行不在寺廟，而是在日常生活中。當日他們離開了，我與陳太閑時在社交平台對話，她說陳生那一天晚上跟她說：「不知為什麼，聊天後我發現整個人好像輕鬆了很多，心裏舒服了，肩膊沒了那種沉重感。你說 JJ 有兩本書對嗎？今天回家拿給我看吧。」

我說那是一個好開始，讓種子慢慢萌芽就好。陳太續說：「還有一件有趣的事情想跟你分享一下。你不要看陳生總是笑嘻嘻的，其實他這個人沒有耐性，脾氣也暴躁。跟你見面後過了幾天，剛好要幫他母親搬屋，由於沒有收拾的習慣，所以家中凌亂不堪，差不多要來回十多次，不斷地把舊東西放進回收箱，熱得衣服都濕透了。若是平常，他肯定會大發脾氣，一邊搬一邊罵，怎料當天他只是默默地微笑着，慢慢收拾東西。我笑問他為什麼今天一點脾氣也沒有，他就說，就算生氣也還是要搬，慢慢做就好，生氣着急也沒有辦法，收拾舊東西的時候，順道還可以緬懷一番。這一刻，我發現他開始調整自己的心性了。然後他叫我每天陪他一起念《心經》，好好學一下如何迴向先人及十方眾生，我詫異得以為他鬼上身了，哈哈！」

「天下無不是之父母。」這一句話，從俗世來說我未必完全苟同，但是如果退後一萬步去想，不管他們對我好不好，就是因為他倆的業力感召，我才有緣在這輩子受身成人，難得人身才有機會學習佛法，才有機會在無限輪迴中學習了生脫死的法門。人生在世，父母就是我們最大的「冤親債主」，或許你是來討債，也許你們曾結怨，也許你們不只是一輩子的至親，也許四種關係都存在；但不管是什麼關係，單從父母讓我有機會生存於世這個原因，就足以我感恩百輩子了。

有緣輪迴在世，就是為了學習如何不再輪迴。

冥冥之中

過往每年佛誕，我都會到寺廟參與義工服務，由於我一直在做司儀的工作，所以我的義工崗位是負責講解不同儀式背後的意義。佛誕除了有僧團主持的法會外，亦會有浴佛的環節，就是以三瓢水清洗悉達多太子的金身像，但有多少人明白背後的意義？

很多時候我會以佛陀成道當日的第一句話作為開場白：「奇哉！奇哉！一切眾生，皆具如來智慧德相，但因妄想執著，不能證得，若離妄想，一切智，自然智，即得現前。」

有些人會問其實什麼是妄想，什麼是智慧，什麼是佛？是不是擁有神奇的力量，就如出奇蛋一樣可以滿足人三個願望的就是神，就是佛？💭經常說的佛性又是什麼？我們皆可以成佛又是什麼意思？如果是這樣我們為什麼又會痛苦？

這些問題我全部都不懂該如何回答。因為我們每一位仍是充滿着不同習氣、妄想、執著的凡夫，我們仍然有着不同的貪念、憤怒、愚痴、傲慢、懷疑等等，因此我們才看不透佛教中的四法印——「諸行無常」、「諸法無我」、「涅槃寂靜」、「有漏皆苦」。

四法印某程度上是我第三本書的中心思想，以不同形式、不同例子去闡述這個道理。「諸行無常」指出世上一切現象看似真實，實際上沒有一種固定不變的「現實」的存在，就如我上一本書用過的一個例子：你看到眼前有一條河流，在我們的意識中這就是真真切切的一條河流。但假如沒有這座山，沒有河流旁邊的石頭，沒有河床下的泥土，沒有下雨，沒有流水，沒有旁邊的樹木去固定河床的形狀等等，這條河流還是不是一條河流？每一個條件都是因緣，是隨機的，或受不同業力牽引着，因此沒有一種現象是恆久不變，都是無常態的。因此我們常笑用一句偈言：「見山是山、見山不是山、見山還是山」，看似簡單，但卻是三個完全不同的層次。我們大部分人停留在第一階段「見山是山」，就是認為世上一切都是真實存在的，所以才會執著於有與沒有，得到或失去，追求或放棄這些對立的狀態，所以才會有煩惱；煩惱過後，有一些人會開始問，人生的意義到底在哪裏？

假如有緣慢慢接觸佛法，會開始進入第二階段「見山不是山」，明白世上一切都是因緣和合而產生，並非永恆存在，屬於「假有」的一種狀態，是眾多條件組合而成的；把這個概念放到人生每一件事上，我們就會慢慢了解其實很多煩惱都來自於執著，執著於這個「假有」而去瞎忙而已。心境放鬆了，煩惱自然減少。

「見山還是山」就是開悟聖者的境界了。雖然他們看見的「山」都是

「山」，但是由於他們已經充分了解一切現象的真實本性，即是我們佛教所說的「真如空性」，因此他們看到一切事物都不再起執著分別之心，因為一切都只是「真如空性」的體現。達到這個狀態，就是真正證得「諸行無常」。

「諸法無我」進一步說明除了世間一切現象外，所有事物包括「我」都是「空性」的，沒有一個永恆獨立的「我」存在，都是由不同的因緣和合而生，而這些所謂的因緣和合，就與無量世以來所作的一切事情而成的業力有關了。

有些人會說「我就是我」，明明就在這裏，為什麼說「無我」？舉個例子，我們的身軀都是由無數細胞所組成，每個器官的細胞都會不斷更新，人體細胞大概每隔七年就會全面更新；如果按照這個道理，七年後你還是不是你？就是因為有「我」，自然會有「你」，然後會產生分別心，自然會產生主觀的對立面。假如明白即使這個「我」也只是如流水行雲，執著自然會慢慢減少。

「有漏皆苦」指出我們面對的一切苦況，皆是由於我們看不到以上兩點，而產生喜惡、有與無、執著怕失去、生與死等等的煩惱。你試過發夢嗎？當然有時候我們發夢時會知道自己正在發夢，我們醒來都會說：「我昨天晚上發的噩夢很真實啊！」或者說：「我昨天發夢自己中了六合彩超級開心！」但是這兩句話的潛台詞，都是你知道自己正在發夢，所以即使醒來知道自己沒有中六合彩，也不會執著於自己沒有中六合彩。但是四法印就好像告訴我們一個真相，就是其實我們的人生就像夢境一樣，只是我們不知道自己在發夢。如果是這樣，你就不會執著想把夢境中的事物帶出來，不會執著於不同煩惱了。有些不明白的人會把這個理論扭曲，如果是這樣的話，那麼「阿姨我不想努力了」，乾脆放棄、胡作非為好了！但是一切事物都是因緣和合而生，所以如果你作不同惡因，那就只好繼續輪迴在這個噩夢中，求出無期。

佛性

假如我問，你與我、菩薩、佛陀，哪一位的佛性較高？這顯然是一個引導性的問題，大部分人會答：當然是佛陀啦，因為他是佛。但是其實眾生與菩薩甚至佛陀的佛性也是無二無別，分量都是一樣的。所以我們比較的不是哪一位的佛性較高，而是哪一位的無名煩惱較少。

上文所說的若離妄想，一切智，自然智，即得現前，一切智的意思就是佛的智慧能看透世間一切事物。「如來一切智，三世無障礙；諸佛妙境界，皆悉如虛空。」（《大方廣佛華嚴經》）既然我們本來具備這一種智慧，那麼就不是我們「沒有」，而是被一些東西掩蓋着，這些東西就是這本書一路提及的執著煩惱。不知什麼時候開始，我們這些執著煩惱都會以身、口、意顯示出來。我們這輩子，或無量世以來說過的話，做過的行為，產生的不同意念，有否不知不覺傷害過別人，傷害過自己？上輩子我們説過的話、做過的行為、不好的意念，我們通通都不記得啦，這是理所當然的，但是可以透過這輩子我們承受了什麼果報，有什麼樣的經歷，去推敲我們曾作什麼惡業，從而生起慚愧之心；假如因緣未到，這輩子我們或許永遠都在「我不知道我不知道」的狀態，那麼就有點危險了，就像你摸黑走懸崖一樣，什麼時候掉下去也不知道。稍有福報可以聽聞佛法的，或許就會在「我知道我不知道」的狀態，那麼就好好去學去修行，直至有一天到達「我知道我知道」的狀態，那麼就真的踏上回家路途了。

因此浴佛三瓢水的真正意義並非做個祈福黨，以為拜得神多自有神庇佑，期望做了這個儀式身體健康、飛黃騰達、買車買樓、惡人退散、一切願望皆能達成；而是生起懺悔之心，告訴佛陀：「佛陀老師，我開始明白你留下來的話了。雖然我離成佛回家之路仍有一段距離，但現在跟祢勾勾手指打打卡，三瓢水象徵我願意從今日開始學習清洗自己身、口、意三業不敢再犯，誠心懺悔，祈願你看守一下，將來自利利他，讓其他人也懂得這個道理。」你有這個願，你有這個想法，才會開始有一個方向。

「往昔所作諸惡業，皆由無始貪嗔痴，從身語意業之所生，一切我今皆懺悔。罪從心起將心懺，心若滅時罪亦亡，心亡罪滅兩俱空，是則名為真懺悔。」

——《華嚴經》

為什麼這一篇會叫作〈冥冥之中〉？不論什麼原因，在看書的你跟在寫書的我好像在打破第四面牆直接對話，不知是哪一輩子我們曾經結過緣，讓你在這一刻能看到我寫的這一段話，讓我們都知道「我們以前從不知道」，現在知道了就好好去修，如果這一個關係不是冥冥之中注定，我找不到更好的形容了。

別妄想看過了、明白了我說的話就以為自己知道，我看過拳擊比賽不代表我很能打；知道了「諸惡莫作，眾善奉行」，但是由於每一個人均會被不同業障所牽扯，所以知道了還是忍不住會出現小魔鬼在旁，直至看見那個果報才懂後悔。所以在學佛中有「信、解、行、證」，就是一開始我相信佛陀所留下的教導是真實不虛的，然後慢慢了解當中意義，理解後再去實踐，透過實踐再去驗證這件事是真實的。所以想真正了解的話，不要停留在嘴上說，好好地嘗試去行吧。

夢・想・家

空

第三者

「其實他很愛我，真的很愛。我嫁給他我真的覺得很幸福。」

人生在世，其中一個禮物就是愛情，其中一個煩惱來源也是愛情。沒有我父母的愛情，哪有什麼因緣和合的廢話，哪有我？所以，問事者常常提到的就是感情問題。

問：「在一起八年了，剛剛發現他有外遇，我的情緒很差，可以怎麼辦？」

答：「愛情都是因緣和合而已，都是冤親債主的一類。時間夠了，不被愛就放手吧。各人有各人的因果，他犯錯他將來承受就好，別拿別人的過錯去折磨自己。請細想，不是你失去了他，而是他失去了你呀！感恩遇上，把你上輩子的債還清了，放下就好。哪有人還錢後還會惦記債主？人最重要的就是要懂得看見自己的價值，既然是別人失去了你，你又為何不快樂呢？」

問：「怎樣可以切斷情絲？」

答：「用剪刀！說笑罷了。假若有一天我真能剪斷所有情絲，不只是愛情，還包括友情、親情、愛惡之情、對事物執著之情，代表我已經修行到某一個階段了。所以我就說情是苦啊！把情絲宏觀化去看，不就是人生八苦嗎？生、老、病、死、愛別離、求不得、怨憎會、五陰熾盛，你想想有哪一個沒有牽涉愛在內？所以你問我怎樣切斷，我會跟你說，我仍在學習中，不過我要切斷的不只是對愛情的執著，而是真正對了生脫死有所渴望。可能你會反問，但是佛陀菩薩仍會愛我們呀？你說得對，但是祂們的『愛』不是我們的『愛』，那是一種無分別心的大愛，看見眾生皆苦生起慈悲心，有根本性的差異。」

問：「感情問題不知道應該如何處理，想等等再回應他，但很怕傷害了別人。」

答：「感情與學佛一樣，不是人情交易。曾經有人跟我説他的朋友很討厭我，因為覺得我不像是一個學佛修行人，更像是藝人，總是『拋頭露面』。我笑着回應，我怎麼『拋頭露面』，我是在做歌女嗎？他喜歡我討厭我也好，我學佛是為了了生脱死，又不是為了討好他。感情也是一樣，沒有交易也沒有委曲求全，既然緣分不再，對方自然有他的因緣和合，直接把你心中想法告訴他就好。」

問：「我發現我跟另一半的關係好像很不健康，經常擔心他會出軌，所以愈來愈想控制他的一切，我想改變可以嗎？」

答：「先管好自己！修行不在嘴上説，無論你口中説得有多麼富麗堂皇，行動不變，一切也是徒然。你自己說想改變，但是仍然每天重複着同一種行為，即是代表你根本未想改變，所以請你不要再欺騙自己。真正有毒的不是你想去控制他，而是你控制不了自己。」

在這幾年的修行路上，我開始明白一些皮毛。2025年年初短期出家的那一段時間，有一天跟法師閑聊，他語重心長地跟我說：「如果真有一天你想出家，你必須有心理準備，要熬過一種濃烈的孤獨感。」我開始理解他說這話的意義，不只是愛情，而是放下「情執」。你不欠我，我不欠你，什麼都能放下，才能好好修行。不過，不是一句互不拖欠就真的是互不拖欠，無量世以來種下的因，是現在承受的果，真要做到有一天什麼都放下各不相干，今天起學習不再種下惡因就好。

有時候莫名其妙的惡果來到，總是令人難受的。

一陰一陽

前一陣子有一位客人來訪，她下班趕過來，剛好可以在最後一節見面。眼前的楊太四十出頭，說話溫柔端莊，談吐大方有禮，要不是她告訴我自己的年紀，實在看不出她是兩女之母。甫坐下來第一句話就點出來意。

楊太：「你好ＪＪ，不好意思今天下班晚了一點。我先生姓楊，今天想問一下感情事。」

我回應：「沒問題，不用急，反正你是今天最後一位客人。你先平復一下情緒，喝口水坐一下。」然後開始一貫的標準模式：詢問對方姓名，燃香，聽頌缽聲連結一下。安靜下來後，我再問：「楊太，你說想問感情？」

楊太回應：「是的。我想問一下我與先生的關係。」

然後我徐徐閉上雙眼，觀想一下腦海中浮現的畫面。

「一陰一陽。一陰一陽？一陰一陽。一陰一陽？」我忽然不由自主地說出這句話，然後帶着疑問重複自己說過的話，又好像在回答一样，再次說出這一句，跟着又似乎在懷疑自己剛才為什麼會說，自言自語再重複着。受不了這種鸚鵡學舌，我睜開眼睛詢問：「你離婚了嗎？你現在有男朋友嗎？」

楊太被我忽如其來的詢問嚇到，然後回應：「我沒有離婚，也沒有男朋友。剛才說過我的先生姓楊。」

我說：「你先生在哪裏？什麼是一陰一陽？」

「我先生過身了。差不多有十年。」

「怪不得我不斷重複這句話。你剛才一開始是問你跟你先生的關係，但是你沒有跟我說清楚他已經去世了呀！所以我好像短路般重複同一句話，不好意思。現在明白了。」

楊太有點驚訝：「其實你剛才閉上雙眼不斷重複『一陰一陽』的時候，我就知道你看到我們現在的處境了，但我有點害怕，所以不敢打斷你。」

我回應：「對不起，是我先入為主，誤會你跟你先生感情出了問題，所以當我聽到我說出一陰一陽的時候，才會猶豫。現在確認了情況，我重新開始就好。」隨後重新閉上眼，讓心靜下來好好觀想。在一片漆黑的環境中良久，什麼也感受不到；當我在納悶的時候，在遠處出現了一位女士的身影，她好像有點刻意地背對着我，讓我不能窺見全貌，但從背影可見是一位瘦削矮小的女士，外相沒有惡意也不淒厲，只是素衣一套。我心想這位是誰？為什麼在觀想中不是出現楊生或他們夫妻的畫面，而是一位女士？心念即至，隨即腦海響起一位女士的聲音，是那位不願意讓我看見面容的女士：「他是我先生。我恨！我從來都是一位好妻子，為什麼他要這樣對待我？不是說好只有我一個嗎？他曾對我承諾只會愛我一個，為什麼一而再、再而三不斷出現新的女人？他還要結婚，還跟別的女人生小孩？我恨！他要跟我走，這是他承諾過的。」

我是她太太

短短的一段話，已經讓我明了狀況。我說：「想問一下你先生是否生病離開？而且走得很突然？為什麼我會這樣説，因為你們中間多了一位女士，那位女士是他的太太，説得明白一點，那是楊先生過去世的太太。不是什麼冤魂索命，而是你先生在上輩子有負於別人，所以在這位太太的眼中，你是第三者。如果我沒有看錯，你先生生病早逝是由於他過去世的業力，與別人無關，但是你與他的關係一定會多生波折，這是兩回事，要分開去説。」

雖然楊太好像什麼也沒有問過，但是好像已經找到了答案一樣。她恍然大悟地說：「JJ，你剛才說的這一番話，好像不是在回答我的問題，但是你已解答了我的大部分疑問。」

現在輪到我感到莫名其妙：「怎麼說？」

楊太續說：「我與先生在大學時期已經認識並相愛，一起走過很長的日子，也十分恩愛。說真的，他真的很愛我，我也很愛他；我真心覺得自己非常幸福。但是後來發生很多事情讓我真的想不通，一直憋在心中十多年了。我與先生都是專業人士，相戀、結婚組建家庭、生兒育女，看起來很平常。但是在我懷孕的時候，他好像變了另一個人似的，會無緣無故喝罵我，忽然很厭惡，不想跟我有任何身體接觸，甚至有一段時候會對我動粗，即使到了我差不多臨盆的時候。那段時候我十分害怕，不敢跟任何人說。你說他是否因將為人父親而感到壓力又不是，因為我們早已計劃好想要小孩子，況且大部分時候他也顯得十分雀躍，也很照顧我，但是一到晚上就忽然變了另一個人似的。試過有一次他無緣無故對我動粗後，我很害怕會傷害胎兒，只能瑟縮在一旁，一邊哭一邊保護自己，他在喝罵我的時候忽然有一刻清醒過來，然後大哭着說不是他動粗的，他絕對不會傷害我們，絕對不是他做的。我與先生沒有宗教信仰，也不信這一套，但是那一刻我真的感覺到他不是我先生，而是另一人。」

我留心聽着：「然後呢？」

楊太吸一口氣繼續回憶着：「直至我們第一位小孩出生，我倆真的十分高興，他十分疼愛我與小朋友，但是當我有時候嘗試讓他回憶起我懷孕那一段時期發生的事，他完全失去那一段記憶了，還笑說我別冤枉他，他永遠不會傷害我與小朋友。由於之後我要忙着照顧小朋友，這一件事就放在心裏了。」

我說：「對楊先生過去世的太太而言，她仍然保存着當時的記憶，當她看見『丈夫』跟另一位女士結婚並懷孕了，你能想像到她的感受嗎？當然我不能說她是對的，但是她的確保存着過去世的記憶，這是一個很無奈的矛盾。」

楊太笑說：「如果我是她，我肯定立刻把我丈夫砍了。」

我說：「所以我現在明白，你為什麼說我好像什麼也沒說，但是解答了你很多疑問了。就是因為這一股怨氣、這一股恨意，讓你丈夫在你懷孕的時候不自覺地被影響了，所以才會無故生出這種憎恨的情緒。我不認為他是俗話說的『鬼上身』，但當身邊有一種極度負面的情緒波長時，有一些人的確會無形中被影響，而且他倆還曾有『密切關係』。」

業障現前

楊太說：「現在我明白了。其實我已經沒有再生氣。兩個小孩出生後，我們一家人過了幾年十分幸福的日子，直至我先生確診了癌症。他知道的時候是第三期，還不算很嚴重，因此他也積極配合治療，對打勝這場仗，我們還是有一點信心的。」

「等等，你先生離開的時候是否呼吸不了？他離開的時候你在身邊嗎？」

楊太驚訝地問：「你怎麼知道？」

我說：「因為當你剛才回憶這件事的時候，我腦海出現一個畫面，就是他的『太太』坐在他胸前，他表情痛苦，呼吸不了，但是我看不到你。」

楊太沉默了一會：「是的。這個是我人生中最大的遺憾。在他離開前最後的一個月，他都在醫院，每天下班後我會去陪他，聊聊天，吃晚飯，有時候太忙我也會在醫院工作，他就看看書或休息一下。我忙的時候，他的家人就會去陪他。那段時候他身體逐漸好轉，所以我們也有盤算着，再過一段時間就讓他回家休養。在某一天下午，當我如常下班到醫院陪伴丈夫時，收到了家中傭人的電話，說我其中一位小孩發高燒了，丈夫知道後叫我立刻趕回家看顧一下，反正他沒有什麼不適，加上晚一點他的母親就會去探望他，所以我就立馬趕回家中。回到家後，卻發現小孩如平日一樣，完成溫習後在家中玩耍，完全沒有異樣。傭人也感到很奇怪，說小孩本來身體十分不適並且全身冒着冷汗，但是當我趕回家的時候，本來發高燒的小孩立馬就退燒。我在納悶的同時也告知丈夫，小孩平安無恙，他叫我就不要再回去醫院了，好好休息一下。同時間他笑說那天是特別日子，因為除了他的父母及親人外，不知為何他一大班朋友也剛好約着去探望他，所以醫院裏堆滿了人，除了我不在。」

「是否當天晚上情況急轉直下？」我着急道。

「是的。我聽奶奶回憶當時情況，他們一幫人在陪我丈夫吃晚飯聊天，我丈夫忽然間大叫説呼吸不了，不斷叫着救命，叫到最後聲音也發不出來了。一幫人嚇呆了，醫生立刻進來急救，但他雙眼、鼻孔、嘴角已不斷滲血，含氧量從正常一下子跌到不到40%。我奶奶當下就慌了，立刻打電話叫我趕到醫院，但是當我到達時他早已氣絕去世了。由於發生狀況時太突然，所有人都反應不過來，甚至醫生也解釋不了為何會在這麼短時間裏情況急轉直下，因為本來他説我丈夫是在好轉中的。但是現在我有點明白了，我想問是不是『她』故意不讓我見到丈夫最後一面？」

坦白說，那一刻我心情非常複雜。在組織着如何回應楊太讓她少點悲傷之餘，我也在反思着自己的一生。

五濁惡世中的眾生都只是凡夫，不管是誰，總會有意無意地作過不同的惡業。當面說如針刺的話也好，隱藏身份在網上肆無忌憚批評別人也好，行為上傷害過別人也好，惡作劇也好，妒忌別人也好，生起一些壞念頭，讓腦海中的小魔鬼天馬行空地盤旋也好，我們肯定都做過，只是多與少而已。但假如惡果真的現前，我們是否真的能夠承受？還是到那一刻才懂得後悔，懂得懺悔？

我徐徐回應：「生死無常。我們都只是普通人，往往都認為自己只是活了一輩子，直到我們有了前世今生這個概念，才會明白過去做過錯事，在時機成熟時惡果就會到來，那個時候別說什麼修行，別說什麼幸福生活，別說什麼努力人生，就連怎麼去生或怎麼去死，我們都未必有資格管得了。你丈夫就是過去生作了一個『貪慾』的惡因，結果今生最後一刻，連今生最愛也未能陪伴在側。對不起，我這刻說這些確實冒犯，但你的經歷活生生地教了我一課。」

楊太說：「不不不！你不用道歉，我完全明白你想說的話。感謝你！我這十多年的結解開了，我真的釋懷了。作為單親媽媽我必須要堅強起來，但夜闌人靜時我總會問，為什麼會這樣，我與丈夫到底發生了什麼事情？現在完全明白了。我真的很愛他，也沒有怪責他，更加沒有怪責那一位女士。你亦讓我深切感受到善因惡果的可怕，將來有緣我必會將這個故事告訴孩子，讓他們都知道別作惡業。我現在只希望我先生安好，我的小孩也安好，將來的路我會好好去走。」

我閉上雙眼沉思着，同時在嘗試搜索有沒有其他訊息需要告知現在世的楊太。我不知道是我腦海中的幻想，還是因為這個結已解開，當下一刻，那一位太太與楊先生忽然出現在腦海中。

「對不起，老婆。我真的很愛你。我現在知道了，我在過去世的確是虧欠了她，所以現在就償還她，跟她走了；但是也因為我以往的過錯，讓我在這輩子虧欠了你與我們的子女，我真的很後悔。對不起，我在這輩子已沒有能力照顧你們，虧欠你們的，就讓我在下一輩子還給你們，到時讓我再盡丈夫及父親的責任好嗎？還有一件事，我真的很後悔，當日你差不多臨盆時，我控制不了自己把你推下床，我真的不是故意的，請你原諒我。」我把在腦海中接收到的話一字不漏地說出，這也應該是楊生最後想跟楊太說的話了吧。

那一刻，我也猜不透眼前的楊太是笑着哭，還是哭着笑。她說：「你是真的看見了。我由始至終沒有告訴過你，他曾把我推下床。我原諒他，我也很愛他。好好離開吧，我一定會照顧好自己及子女。我從來沒有怪責他。假如真的有下一輩子，我們那時再見吧！聽到這一段話，我真的完全放下了。」

當下一刻，我明白為什麼有些人會說我在做着擺渡人的工作，就是幫助他人走出當下的困境，給予引導；但是，其實楊生楊太也是我的擺渡人，他們讓我看見因果，沒有喜惡，因果就是世上最好最公平的法官。我與楊太用了一點時間把情緒平復下來，然後我再次閉上眼睛，誦經迴向於十方眾生、楊生及他過去世的太太，祈願一切眾生總有一天能看見、能發願，不要在六道輪迴中蹉跎時間了，因為在這不斷流轉中，沒有人是不苦的。

你明白了嗎？勿以善小而不為，勿以惡小而為之。因為你不知道你種下的這顆種子，最後會成多大的大樹。這棵種子到底是一粒善種子，還是惡種子？就看你當下的心了。

後記

看到這裏，這本書也差不多到尾聲了。有些人是第一次看我的拙作，有些則是一路陪着我走來的小粉絲（Sorry，我承認我恬不知恥）。我算不上是一個文化人，極其量只可以說是一位讀書人，讀的還都是數字，所以寫作對我來說真算是苦差。

雖然已是第三本書，但我一直摸索着不同的路向，不同的筆觸。第一本書《悟。釋。死》寫的是我在那一年印象深刻的真實個案。我希望讀者看完後能思考一個問題：「我到底學習到什麼，又相信什麼？」生與死其實並不可怕，都是我們每一個人必須經歷的，我們在這一輩子一定會生一次、死一次，但是我們一直在學習應該怎麼去玩這個「遊戲」。

第二本書《念。擇。生》以佛學中的「人生八苦」，讓讀者了解在生與死之間，其實我們都在學習着一件事，就是如何「離苦」？這個「遊戲」看似很難，但是佛陀在二千多年前早就留下了攻略本。我們在生死輪迴中不斷闖關，不斷練習，就是為了「爆機」不用再繼續玩這個遊戲。所以每一個經歷，不管是好與壞，都是在讓我們不斷練習。第二本書出版後，有一些讀者告訴我太難了，不是這個「遊戲」太難，而是這本書有點複雜難明，有某些章節要看數次才能略為了解。

寫到第三本書，筆觸改變了。與其用艱辛難明的詞彙，倒不如寫一些睡前故事更易消化。所以這本書不斷重複、重複又重複着訴說一個中心思想，就是「回家」。有時長篇大論，有時旁敲側擊，有時把道理融入故事讓讀者體會。那到底什麼是「回家」？當然不是放棄人生，相反是積極學習着，從不停重複的喜怒哀樂愛惡欲中，慢慢了解「人生無常、隨遇而安、活在當下」；假如真的只是夢境一場，其實人生有什麼需要如此執著呢？「佛」與「眾生」的分別是什麼呢？其實無二無別，「佛」是醒來了的「眾生」，「眾生」就是仍在睡夢中的「佛」而已，「回家」就是找回那一份覺性，讓我們「醒着地醒着」，而不是「醒着地做夢」。

人生好像真的有點難、有點苦。但怎樣難也比不上不斷輪迴的難、不斷蹉跎的苦。記得在不久前看到一位近代高僧大德虛雲老和尚傳世的照片，在所有照片中找不到一張老和尚露出笑容的，睜開眼的照片亦非常罕有。據記載，有弟子曾問虛雲老和尚，為什麼不笑一下？虛雲老和尚回答：「看到眾生這麼苦，我笑得出來嗎？」這就是一代高僧大德的慈悲心與菩提心，「不忍眾生苦」。

這本不是什麼傳教書籍，我也不是什麼僧人或傳教士。做一條橋也好，擺渡人也好，學佛人也好，沽名釣譽的偽人也好，其實這些都不重要。我只是希望用我僅有的一點小燭光，讓大家在這一點苦中有一個希望、許一個願望，誠心發願不在苦海中流轉。逆境是苦，但假如了解逆境的實相，只是讓我們找回歸家路的必經過程，那麼其實苦亦不是那麼苦。

各位夢想家，希望你們會喜歡這份小禮物，共勉之。

番外篇：Mean問Mean答

Mean問Mean答是我每次做直播前的一個環節，直播當天，我會在IG出Story讓別人問問題，每星期大概會收到200條。這次，我想把當中一些比較有趣的節錄下來與大家分享。

Mean有兩個意思，第一就是我有時説話會比較Mean，帶點嬉笑怒罵；第二個意思就是希望我們的問答是有內容、有意思的(Meaningful)，能夠在較為輕鬆的情況下有多一點得着。不一定是長篇大論，因為有時候簡單一句就如當頭棒喝。希望這個番外篇會帶給你一些領悟。

如何減少對別人的Mean，增加多點同理心，積多點福報？

Mean答：「我經常也很Mean的，但我也十分有同理心的（起碼我自己感覺良好）。Nice不一定代表善良，Mean不一定代表邪惡。假如你的所謂Mean的出發點是為了奚落別人或傷害別人，你就是壞分子；假如你了解實際狀況，想給別人一些建議，有時候Mean可以令對方醒一下，何樂而不為呢？但是，這種幽默感跟智慧要好好拿捏，假如你不確定自己到底是Mean還是不Mean，那代表你仍未懂得把握尺度，那麼就不要Mean，守護一下自己的口業。佛教中有憤怒明王，雖然惡形惡相，但骨子裏也是因為慈悲心而想要保護其他人，所以才現出惡相，那麼這位憤怒明王是憤怒還是不憤怒呢？水在不同容器會呈現不同形狀，智慧慢慢增長後，就會發現在不同情況下要顯現不同形象。但是無論是哪一種形象，哪一種説話模式，Mean或Nice也好，你必須要有一個核心（Core

Value)，就是善良的菩提心與慈悲心。」

同事好喜歡講人是非，我沒有參與其中，在疏遠他們，但最近發現他們有排擠和針對行為，想問我應該怎麼做？

Mean 答：「別人講是非，別人做不對的事，與你有什麼關係？他們是你的朋友嗎？如果他們不是你的朋友，只是點頭之交，那麼排擠你又有什麼關係呢？與其同流合污，不如潔身自愛就好。管不了別人，先管自己吧。」

之前跟家人看面相，風水師傅說家人明年會有一個大劫，能過就過，過不了就過不了了，聽完後一直很擔心，怎麼辦？

Mean 答：「這不是廢話到不能再廢話嗎？什麼能過就過？這樣我也可以

做師傅了，我已能算出你的媽媽是女人，你的爸爸是男人，你是一個人，我是不是也很準確？假如明知自己容易受影響，那麼就不要去看這些。先不要說下一年，我連明天自己是否仍在世也不知道，難道你能肯定未來二十四小時內你一定會好好活着嗎？我們的煩惱就源自看不透諸行無常，經常誤解世上發生的都是理所當然的。活在當下，隨遇而安就好，我們到底什麼時候才能真正懂得這個道理？在你看到這本書這一章節的時候，你知道自己仍活着，這樣就好。要做什麼？好好念佛吧。當有一天你發現世上一切現象都只是因緣和合，隨緣分而生滅，那麼你就會懂得放下，不再執著；當你達到這一個狀態，你就真的能做到心無罣礙、無罣礙故、無有恐怖、遠離顛倒夢想、究竟涅槃了。」

近日很容易弄壞東西，又不見了很多東西，全部都是金屬及皮革製品，是不是有什麼眾生來搞我，還是我運氣很差？

Mean答：「壞了就是壞了，不見了就是不見了，就是這麼簡單。想這麼多原因去合理化一些無常，幹什麼呢你？」

面對未知的未來和挑戰，如何能做到不恐懼？

Mean答：「我們有誰不是這樣的？如果有，請盡快告知，我想認識一下。這就是人生，也像是在玩過山車，即使有多麼恐懼，這個遊戲總需完結的。既然知道總有一日會完結，那麼恐懼還有什麼意義呢？」

人緣運不好，經常跟別人吵架，可以佩戴什麼水晶加強一下人緣？

Mean答：「人緣運不好，經常跟別人吵架，第一件事不是去責怪別人，而是先管好自己的脾氣。假如是別人的錯，那就是別人的事，與你有什麼關係？人家錯了，你還要拿人家的錯去折磨自己，讓自己生氣幹什麼，世上有這麼笨的事嗎？假如是你的錯，你就好好反省，發什麼脾氣？要改善人緣，先多布施、微笑、幫助別人，水晶只是輔助，假如沒有自我修正，你戴到鐵線拳一樣都不會有幫助。真正需要改善的是待人接物的方式。」

今天入職新公司，老闆好像不太喜歡我，我覺得自己不夠漂亮，又好像有點格格不入，要怎樣才做好自己？

Mean答：「小姐！你第一天上班當然是格格不入，你想怎樣？難道剛剛見面就要跟你結義金蘭做好姊妹，當天晚上就睡同一張床説悄悄話到天亮嗎？一般來説我有三大法寶，其中一個法寶就是自我感覺良好。當你不斷跟自己説自己不夠漂亮，你就已經輸了一半。所以，我要和你説的第一件事，就是要覺得自己今天超級漂亮，我第一天上班就是主角，然後要多微笑，多主動，不怕吃虧。還有一件事，老闆是精明的，他不會付錢去聘請一個毫不相識的人然後討厭他，最起碼我不會。除非他比李嘉誠有錢，加上他是虐待狂，或者你跟他本來就生肖相沖。」

?近來工作不開心，好像沒有出路；市道又不太好，不敢裸辭。可以怎樣做？

Mean答：「這個應該是你的個人選擇，為什麼要問我？有哪一份工作一定是事事順利或開開心心的？凡事轉念一下，就是這份工作讓你收入穩定，能照顧到家庭，能滿足自己的需求。面對現實，真正需要調整的，不是找一份完美的工作，讓你坐着就有錢收，而是調節自己心態。」

你算不算用佛法來賺錢？

Mean答：「第一我是佛教徒，第二我本身是做零售行業的，第三我會提供預約諮詢服務，第四我會聘請不同老師在工作室教授瑜伽、頌缽、香道課程，第五我是一位作家，今年會出第三本書。但是我在網上跟別人分享佛法是免費的，任何人在工作室與我交流佛法是免費的，與我聊天也是免費的，我亦不會叫任何人因為學佛而用金錢購買任何東西，你可以到工作室參觀一下。所以如果一個佛教徒做任何行業都算是用佛法來賺錢，佛教徒醫生是否要免費幫人治病，佛教徒律師是否只可以免費接Case，佛教徒髮型師是否必須要免費幫別人剪頭髮，佛教徒開的素食餐廳是否只可以免費派飯？我只是舉例子作反問，讓你了解一下你問這個問題的動機。過去四年，你在我哪一個直播或訪問中，發現我直接或間接告知任何人學佛必須要消費？如果有，請指正，感謝你客氣的提問。」

另外我是拜觀音的，我不明白為什麼很多人會去參與觀音借庫。我從來不會去求觀音菩薩給我財富，我覺得他們很愚昧，觀音菩薩只是救苦救難，不是嗎？

Mean答：「你是對的，在我未真正學佛前，我也曾去觀音借庫，但是學佛後明白這是自己的貪欲作祟，所以沒有再去。假如有人問我他應否去觀音借庫，我現在會隨喜他們選擇，但是會讓他思考：

1.在他眼中什麼是真正的財富？假如他去誠心祈求自己、家人以及一切眾生都不再受疾病折磨，希望能得到智慧，這些在我眼中是最寶貴的財富，假如他是抱着這樣的信念去借庫，這個借庫就是慈悲，假若如你所說，他只是希望買車買樓，這就只是滿足貪欲，只是交易，所以不會如願。

2.假如他有機會如願得到他眼中的財富，未來會否多作布施，或用這些所謂的財富令更多人受惠？假如他的出發點是這樣，這就是六度萬行。

如何看待這件事，一切在於你的發心。

菩薩慈悲，明白眾生根氣不同，亦知道眾生習氣未除，所以以不同方法度之。假如一開始先滿了他的願，讓他生起信心，從而有機會接觸真正佛法，讓他有一天能明白他所求的都只是執念，這個或許亦是他的因緣。

『先以欲鉤牽，後令入佛智。』菩薩的智慧不是我們這些凡夫能及的，但是我信，因為佛法如海，唯信能入。

可能有些人看到我們的問答，會認為你在挑戰我，但是在我眼中你是滿滿的慈悲，因為你讓我有這個機會可以在這裏多作交流，這個就是正信，正知。但是另一方面，當你很容易看見別人的不足而感到不快時，你就要反思到底是這個世界在動，還是你的心在動？不要管別人，先管好自己。」

如何在金錢、工作之間作出平衡？已排期六月看政府精神科，但生活已受影響，每天都在哭，感到身心疲累。

Mean 答：「金錢及工作之間作出平衡？你是否應該說，在工作及生活中作出平衡呢？沒有什麼比健康更重要，要努力工作，但凡事盡力而為就好，不是叫你燃燒生命。以前我在金融行業工作的時候，賺來的錢都奉獻給醫生了，這樣值得嗎？該放下時就要懂得放下。另外必須要有足夠休息及運動，才可以有效將負能量排出體外。沒有這個色身，什麼修行，什麼美好生活，什麼將來也是空話。」

我的命盤有孤辰星，曾經視對方是知己的好朋友，一個一個離我而去了，我應該怎樣？

Mean答：「有沒有想過要改善自己的人際關係？或者從自己待人接物的態度上反思一下，看看有沒有可以做得更加好的空間？別被一粒星去操控自己的生命，把自己眼中的逆境合理化。」

六親緣薄，誰也不欠誰，是否更適合修行？

Mean答：「你不欠我，我不欠你。有哪一位不是一個人來到這世上的（雙胞胎另計），反正我們最後都是一個人來，一個人走。有時候修行是一個人去修的，但是在這之前必須要廣修善緣。《華嚴經．普賢行願品》中有說，若無眾生，一切菩薩終不能成無上正覺。善男子，汝於此義應如是解，以於眾生心平等故，則能成就圓滿大悲。未修佛緣，先修人緣吧。」

覺得2025年世界很亂，所有事情都好像不合邏輯，心裏很不安，怎麼辦？

Mean答：「修行人就是學習境隨心轉，不是心隨境轉。外景無常，假如什麼也跟着環境去轉，你轉到頭暈心也未能定下來。」

已幫離世寵物誦經49天，是否可以停下來，還是要繼續？49天夠不夠讓牠可以轉世投胎？謝謝。

Mean答：「為什麼你把誦經説得跟交易一樣？念佛不是交易，而是誠心懺悔，誠心發願，為什麼不可以把誦經迴向變成每一天該做的習慣呢？每天發發慈悲心迴向於十方眾生不好嗎？」

二，不知道是不是緣分，我最後成功再考到護士，多謝你之前的寄語，讓我反思如何能夠做得更好。

Mean答：「兜兜轉轉還是這條路，但是絕對沒有白走，因為都是人生歷練。人生沒有任何一個安排是錯誤的，只是我們還未看透。」

近日不斷找房子，都被別人捷足先登。我能夠在限期前找到合適的新屋？

Mean答：「被人捷足先登，就證明這間房子不是你的。就是這麼簡單。」

經常猶豫，懷疑自己決定。如何有智慧地下決定？

Mean答：「每一條你在走的路都是你一定要走的。你會發現，每一個決定，到最後都必然是最好的，因為你已經選擇了。隨遇而安、隨心而行，人生會簡單得多。」

花了幾個月終於找到新工作，但是新公司希望我下班回家後繼續工作，心很累，怎麼辦？

Mean答：「過去一段時間擔心找工作，現在找到工作又擔心有很多事情要做，然後因為太多工作而又裸辭，失業又擔心找不到工作，找到後又會覺得很累，有這種循環就是因為你不明白人要活在當下，隨遇而安。先努力試一下，客觀地告訴上司你的想法，再去衡量你現在究竟需要的是一份工作，還是舒適？」

如何將痛苦轉化？

Mean答：「我們每一個人不是都在經歷着人生八苦嗎？如何轉換，就是從佛經中找答案，明白諸行無常，諸法無我，世間一切都是虛幻的。如果真正明白了，你說的痛苦就不是痛苦了。」

對於別人的所作所為，是否不該理會？看見我的上司買心儀的神像也要討價還價，真的很鄙視他。

Mean答：「很有趣，我們都習慣因為別人的錯而自己生起貪嗔痴，拿別人的過錯去懲罰自己。看見不順眼，點頭離開就好。他有他的因果，心裏想一句與我無關就好。」

怎樣才可以不介意別人說的話？

Mean答：「其實你介意或者不介意，他們都是會去說的。所以做好自己就可以了，我也是這樣度過這幾年的。這也算是六度萬行中的忍辱，把他們視為菩薩，把這種磨練當成修行就好。」

請問我應該念什麼經，可以讓冤親債主不再騷擾我？

Mean 答：「第一件要想清楚的事，不是念什麼經，而是為什麼要念經。先發起一顆誠心懺悔的心，為什麼他們會是你的冤親債主，就是因為在無量世以來你曾傷害過他，所以懺悔是首要。明白這個道理，一句南無阿彌陀佛就已經是無量光、無量壽、無量功德了。」

我念經的時候念頭會飛了去別的地方，怎樣才可以專注？

Mean 答：「知道自己念頭走了，將心拉回來繼續念就好。不需要被念頭拉着走，去想為什麼自己不專註。」

你如何處理你的孤獨？

Mean答：「我是Always alone, not lonely. 修行就是修行，為什麼要約一班人去修行？在搞聯歡晚會嗎？」

我怎樣去定義自己是否正在修行？有沒有具體的例子？

Mean答：「不是到寺廟中參加法會拜拜佛就是修行。每一日的生活都是修行，把佛法用於生活當中。有沒有以善待人？有沒有管好自己的貪嗔痴？煩惱有沒有減少？佛經就是一本攻略本，有機會多讀多學多認識，就知道自己是不是在修行路上了。」

念經時見到菩薩是否真實存在，還是被鬼怪騷擾？

Mean 答：「念經如禪修，只提一念。其他都只是虛幻妄想執著，放下吧。」

寫下你的靜思語……

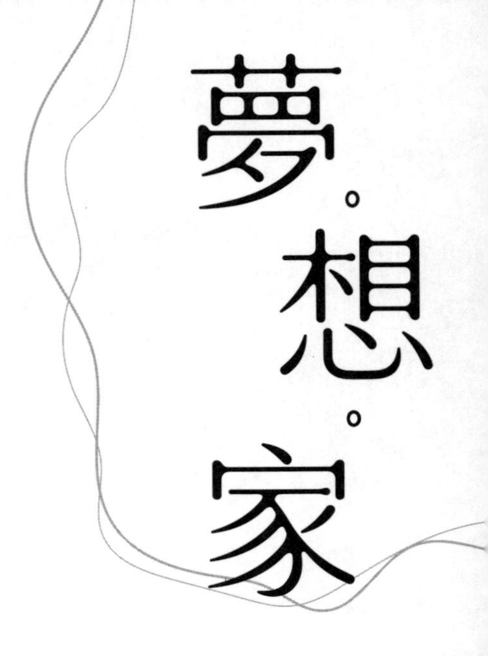

作者　川詹朗林
助理出版經理　陳思齊
責任編輯　何芷晴
美術設計　張思婷
出版　日閱堂出版社
發行　明報出版社有限公司
香港柴灣嘉業街 18 號
明報工業中心A 座 15 樓
電話　2595 3215
傳真　2595 2646
網址　http://books.mingpao.com/
電子郵箱　mpp@mingpao.com
版次　二〇二五年七月初版
ISBN　978-988-8925-12-4
承印　美雅印刷製本有限公司